SV

Band 312 der Bibliothek Suhrkamp

Günter Eich
Gesammelte Maulwürfe

Suhrkamp Verlag

Siebte Auflage in der Bibliothek Suhrkamp 1993
»Maulwürfe«
© Suhrkamp Verlag Frankfurt am Main 1968
»Ein Tibeter in meinem Büro«
© Suhrkamp Verlag Frankfurt am Main 1970
Alle Rechte vorbehalten
Druck: Nomos Verlagsgesellschaft, Baden-Baden
Printed in Germany

Maulwürfe

Präambel

Was ich schreibe, sind Maulwürfe, weiße Krallen nach außen gekehrt, rosa Zehenballen, von vielen Feinden gern als Delikatesse genossen, das dicke Fell geschätzt. Meine Maulwürfe sind schneller als man denkt. Wenn man meint, sie seien da, wo sie Mulm aufwerfen, rennen sie schon in ihren Gängen einem Gedanken nach, an eingesteckten Grashalmen könnte man ihre Geschwindigkeit elektronisch filmen. Andern Nasen einige Meter voraus. Wir sind schon da, könnten sie rufen, aber der Hase täte ihnen leid. Meine Maulwürfe sind schädlich, man soll sich keine Illusionen machen. Über ihren Gängen sterben die Gräser ab, sie machen es freilich nur deutlicher. Fallen werden gestellt, sie rennen blindlings hinein. Manche schleudern Ratten hoch. Tragt uns als Mantelfutter, denken sie alle.

Winterstudentin mit Tochtersohn

Meine Maulwürfe werden täglich gewaschen und gestriegelt. Das besorgt eine Fachkraft, eine Winterstudentin, 30, mit ihrem vierzehnjährigen Zwitterkind. Vergebens habe ich versucht, eine Sodomitin anzuwerben, die gibt es nur in psychoanalytischen Berichten und im Alten Testament. Ich bin mit der Winterstudentin sehr zufrieden, abends lernt sie Yogatechnik, will dann im Sommer in Indien Examen machen. Das ist den Maulwürfen ausgefallen genug, Stewardessen mögen sie nicht.

Die Winterstudentin ist abhängig von Liebesbeweisen aller Art. Eine Viertelstunde täglich muß ich sie unter der Fußsohle kitzeln. Mehr, sagt sie. Mit ihrer Tochter ruht sie verschlungen, oft schaue ich ratlos hin, und bin froh, die indischen Techniken nicht zu beherrschen. Meine Winterstudentin hat blaue Haare, was zu den Maulwurfsfellen gut kontrastiert. Sie ist gutmütig, spricht aber nur mangelhaft deutsch. Andere Sprachen kennt sie nicht, es ist angeboren. Ihr Sohn spricht noch einige Brocken tibetisch, vielleicht vom Vater her. Seine Haare sind rot mit schwarzen Strähnen, von Vererbungslehre verstehe ich nichts.

Ja, sage ich zu meiner Winterstudentin, das begreift sie noch am besten. Du bist schön, sage ich, aber da wird es schon schwieriger, sie streckt mir die Fußsohle hin. Einige Maulwürfe kommen begeistert herbei, die Tochter brummt auf tibetisch. Du hast blaue Haare, sage ich eindringlich, und sie greift nach der Badeseife, die meisten meiner Sätze interessieren sie nicht.

Es ist schwierig, an den Sommer zu denken. Die Maulwürfe werden melancholisch werden und ich weiß nicht, wie ich sie erheitern soll. Auch Maulwürfe sind abhängig von Liebesbeweisen und ich bin nicht begabt genug dafür, zumal es jetzt schon über fünfzig sind, alle individuell ausgeprägt.

Oft schlage ich die Beine übereinander, das einzige, was ich von Yogatechnik spontan verstehe, und denke nach. Aber ohne Ergebnis.

Zwischenakt

Heute bin ich kopflastig, das ist selten, ich zitiere wie Espenlaub, meine Hundenase wittert einen Geruch zwischen Pfefferminz und weiblichen Hormonen.

Unter den Tieren stehen mir bekanntlich die Maulwürfe am nächsten. Höhlenbewohner, aber ich kannte einen, der lebte über der Erde und hatte ein Revier, aus dem er die Ratten verbiß, neben den Abfällen der Bässerei.

Einmal nahm ich ihn ins Theater mit. Für Maulwürfe ist nichts gemütlicher als das Mekongdelta vom Parkett aus.

Vergangenheit auch die Unterhaltungen über die Grundsätze der Liebe. Er wollte Stendhal und Freud für Höhlenbewohner umschreiben. Ich sagte ihm, daß ich mich nur in Frauen verliebe, die Lisa heißen. Das verstand er. (Ich kenne sie alle. Sie sind ganz verschieden, haben aber etwas undefinierbar Gemeinsames, wahrscheinlich den Namen.)

Heute werde ich hingerichtet, das ist ein Anlaß zu solchen Rückblicken. Störend sind die Kopflastigkeit und die Zitate aus Espenlaub. Auch sonst geht es mir gut, ich habe mich auf das Leben unter der Erde eingerichtet. Ich verlasse hier nichts, nur Lisas, nur feste Aggregatzustände, das erleichtert es.

Der Henkersmahlzeit bin ich gewachsen. Ich hatte mir Erbsen gewünscht, aber weniger hart. So gleichgültig, wie sie mit mir umgehen, ist es mir nicht. Aber reden wir nicht mehr davon.

Kehrreim

Ein Fenster, dem Gewöhnlichen geöffnet. Puls und Blätter sind Schritte, die nicht eintreten. Graut nicht schon der Schnee? Was alles kann geschehen sein, und deinen Maulwürfen entgehst du nicht.

Redet man sich in der zweiten Person an, in der dritten oder in der ersten? Hier ist es gleichgültig, dort entscheiden sich die Meditationen. Hier ist es die Straße des Verliebten, der Monologe führt, dort ist der Morgen stumm.

Die Besorgnisse deiner Milz, deiner Bauchspeicheldrüse, deines Darms. Die Hautenden, das Mineralwasser in den Gliedern. Und deinen Maulwürfen entgehst du nicht.

Das wußte keine Provence, so alt ist es nicht. Es ist das geöffnete Fenster in einem Winter, der Schnee fällt leise und hier. Sind es Schritte, müssen da Hausschuhe sein und sie sind zum ersten Mal.

Worauf willst du horchen? Fall in den Schlaf, da gehen die Zeiten hin und her, die Kümmernisse sprechen sich von weither aus, von der Provence, von hier.

Nein, deine Nacht ist immer diese, die Milznacht, die Aschermittwochsnacht, die man mit du anredet, mit schweigenden Klavieren, schweigenden Spiralnebeln. Deinen Maulwürfen entgehst du nicht.

Ins Allgemeine

Ein Korn an der Theke, zwei Korn. Morgens, sonst hat es keinen Zweck. Die zwanziger Jahre, in Wirtschaftsgeographie ein Schweißausbruch, Gedichte in der Neuen Rundschau, und sonst taubstumm. In Wörtern versinken, ehrfürchtig vor hottentottischen Schnalzlauten. Fehling inszenierte Barlach, mag sein.

Alles abgehackt, Codewörter als Zeiteinheit, Schanghai bleibt unerreichbar. Das sind die großen Tage, zwischen Aschinger und Konfektion. Ein Leben auf Dönhoffplätzen, von dort aus werden alle Entfernungen berechnet, man sieht die Völker sitzen und rechnen, die Sternbewohner warten, daß sie endlich an der Reihe sind. So bewegt ist alles. An schweren Tagen morgens vier Korn. Das rührt die Zeit um, quirlt die Erbsensuppe. Nur niemandem auf der Treppe begegnen, sonst ist alles verloren, die großen zwanziger Jahre stürzen zusammen in Stotterneigung.

Kurzum: Wie übersetzt man sich ins Allgemeine? Ihr Lieben, genügt der Entschluß, oder habt ihrs noch nie getan? Die Inszenierungen gaben keine Antwort, auch kein Reichsbanner, kein fünfter Korn.

Kalauer

Die Etymologie hat nachgewiesen, daß Kalauer nicht aus Calau stammen. Sie stammen aus Luckau. Ich weiß es, ich bin im Grenzgebiet beider Kreise aufgewachsen. Luckau hat eine Strafanstalt, Calau hat garnichts.

Die kleinen, doldenförmig angeordneten Blüten brechen schon zeitig im Frühjahr aus dem noch gefrorenen Boden. Sie sind anspruchslos; wenn es keinen Regen gibt, ist ihnen auch ein Vortrag recht. Für Sonne bedanken sie sich. Sie sind lila und haben meine Jugend koloriert. Ich fände die Neubildung Kaluckauer recht glücklich.

Luckau hat keine großen Söhne, nur Zugereiste, was durch die Strafanstalt bedingt ist. Liebknecht hat hier Briefe geschrieben, es hat nichts genützt.

Wie gesagt, Kalauer sind keine Steigerung von Calau. Aber mir sind sie recht. Eine Möglichkeit, die Welt zu begreifen, vielleicht die einzige, anspruchslos und lila.

Anatolische Reise

Eßgeschirr, bei uns auch Das Eßgeschirr genannt, eine Stadt in Anatolien, mein Onkel war dort als Lehrer. Mein Onkel erzählte auch die Anekdote vom Schnee auf Das Eßgeschirr. Schnee fällt dort nie, in schlechten Zeitläuften aber reichlich.

Das Eßgeschirr zerfällt in mehrere Teile, Suppenschüssel, tiefe Teller, flache Teller, Fleischplatte. Man fährt durch, wenn man durchaus nach Ankara will.

Ankaraville ist auch bemerkenswert. In der Nähe graben die Hethiter. Ich habe dort aus unvollendeten Sinfonien gelesen. Einige Hethiter hörten zu. Hethiter sind die besten Zuhörer. Sie heben ganz leicht den Kopf, und schon hören sie alles, das Gras und meine unvollendeten Werke. Es wird abgehauen und verdorret.

Darüber fährt Ömer, der Fürst aus Cäsarea, um zuhause zu sterben, in einer von der Bezirksdirektion Salzburg der Krankenkassenpflichtversicherung gecharterten Maschine. Er liegt auf dem Rücken und sieht in den halbwegs geöffneten muselmanischen Himmel. Seine sechs Söhne schauen betroffen auf die anatolischen Fleischplatten und die kaum bewegten Hethiter.

Zeit und Zeitung

Gleich morgens lesen wir am Zeitungsstand das Älteste. Der Zeitungsstand ist gelb, aquarelliert oder aus Versehen, aber gelb. Was ist die natürliche Farbe für Zeitungsstände? Selbst ein integres Infrarot hätte seine Überzeugungskraft, z. B. in Verbindung mit Milano Match oder andern ausgestorbenen Blättern. Das Älteste ist immer schwarz, das ergibt sich aus der Sache: Schwarzwurzel, Schwarzwald. In unserm Fall Infantiles für 40- bis 70-jährige. Das hat in allen Zwischeneiszeiten die Welt bewegt. Jetzt will man die Mittel dafür streichen. Das ist ein Fehler, ganz bestimmt. Man braucht nur auf die Straße zu gehen, morgens und an den Zeitungsstand. Dann fällt es einem wie Brillen von den Augen. Endlich weiß man, was Zeit ist: Solang man auch trödelt, es wird nicht früher.

Ode an meinen Ohrenarzt

Der kleine Mann in meinem Ohr sagt: Fahre nach Madeira! Ich fahre nach Madeira. Alles ist so blau und weiß wie ichs mir dachte. Er fragt: Siehst du rosa Mäuse? Ja, sage ich, tatsächlich. Und schon huschen sie durchs Zimmer, liebe, ziemlich große Tiere, sehr zutraulich, fast dressiert.

Vorgestern sagte er: Zähle die Tassen im Schrank! Ich zähle. Fünf. Es müßten zwölf sein. Eine oder zwei vielleicht noch im Abwasch, nein, nur eine. Oder zähle ich falsch? Wirklich, einmal komme ich auf fünf, einmal auf sieben, eins, zwei, drei —

Tatsachen beruhigen mich. Ha, sage ich zu dem kleinen Mann, aber auf Interjektionen antwortet er nicht. Er sitzt in meinem linken Ohr, auf dem höre ich schlecht. Seit kurzem auch auf dem rechten. Vermutlich eine kleine Frau im rechten Ohr, und sie treffen sich, während ich schlafe. Seine Unruhe fällt mir in letzter Zeit auf.

Aber wo treffen sie sich? Im Nasen-Rachen-Raum, so wird man mißbraucht. Ich besuche meinen Arzt, der für diese Gegenden spezialisiert ist. Er macht ein optimistisches Gesicht und hat die schwedische Methode. Skol, sagt er, ich habe Ihnen doch gesagt, daß sie keine Watte tragen sollen, und er zieht die Bäusche heraus. Frische Luft, sagt er.

Kaum bin ich zuhause, fängt der Kleine wieder an zu reden und beschwert sich über die ärztliche Behandlung. Übrigens muß ich heiraten, sagt er, meine Geliebte erwartet ein Kind. Wie stellt ihr euch das vor, frage ich zornig, aber jetzt antwortet er kein Wort mehr.

Barock

Der Schrank ist groß genug, um einen überraschten Liebhaber zu verstecken, er kann bequem darin schlafen, wenn kein Befugter die Tür öffnet. Zum Atmen genügen die Ritzen, aber vorn sind undurchsichtige Intarsien. Mir fallen bei alten Schränken immer die Liebhaber ein und wie komfortabel sie es hatten. Mag sein, daß er nie dafür benutzt worden ist. Ich habe zuviel altitalienische Novellen gelesen, das ist eine Lektüre, die nur auf Intarsien aus ist.

Ich selber hebe mein Geld darin auf, in lauter Kupfermünzen, das ist das sicherste und erhöht den Genuß des Nachzählens. Dreißigtausenddreiundneunzig, sage ich und denke an die Reisen, die ich mit dreiundneunzig machen werde. Dreißigtausendsiebenundneunzig, die Tropen und die Subtropen. Bougainville, das klingt gut und ist sogar schön, Sträucher und Bäume, auf denen Liebhaber und Liebhaberinnen sitzen, die sich vor nichts scheuen und keine Intarsien brauchen. So ist es recht. Ein Voyageur wie ich wirft einen Beutel Kupfermünzen unter sie, viertausendsiebenhundertdreizehn. Es ist dort zu heiß für Barockschränke.

Aber noch stärker denke ich an die Regenzeit. Niemand ist da, die Straßen einen Meter hoch überschwemmt, ich genieße die Einsamkeit, mein Alter und meine wasserdichten Stiefel. Hinfallen darf man nicht, das ist die Situation, wie sie mir zukommt. Immer deutlich vor der Natur, sie ist es auch. Siebentausendvierzehn. Vielleicht sinken eines Tages die Kupferpreise. Dann kann ich ihr nie sagen, was ich von ihr halte.

Seepferde

Unsere Umgebungen sind ungenau, wir haben die Sonne innen, ein alter Imperativ, kategorisch, von Immanuel Kant. Immanuel hatte keine Kinder, schade. Auch Menzel hatte keine, auch Gottfried Keller nicht. Vielleicht wäre alles anders gekommen, wenn sie Seepferde gewesen wären, der Imperativ weniger kategorisch, das Klebemittel weniger bedeutsam. Aber das konnte man damals nicht verlangen. Bei Seepferden sind die Eier das Entscheidende. Ihr seht, es geht auch anders. Selbst Jungfernzeugungen gibt es.

Die Natur verwechsle ich immer mit Aussichtsbergen. Aber das macht nichts, auch in zweitausend Meter Höhe ist sie kategorisch und imperativ. Literatur gibt es da nicht. Keine Möglichkeit, die Welt zu verändern, allenfalls Erdrutsche, Vulkanausbrüche und Gipfelkreuze mit Büchern, in die man sein Einverständnis eintragen kann. Datiert. Für konservative Herzen. Die andern benutzen den Autobus.

Ach, ach, ach, soviel Seufzer, soviel Daten. Wieviel Frauen hast du gehabt, wieviel Männer? Haben sie auf Fichtennadeln gelegen oder im Autobus? Später haben sie politische Wissenschaften studiert oder monochrome Malerei, keine Unterschiede mehr, mausgrau.

Aber wir werden die Biologie vorantreiben. Männlichen Geschlechts fühle ich mich dennoch schwanger. Eben hielt ich mich noch für Avantgarde, schon gibt es Spezialisten. Mein Androloge sprach von Kaiserschnitt, so rückständig sind sie noch. Ich hatte an Zeus gedacht.

Nördlicher Prospekt

Ich bin nicht aus Lübeck, bin ein sonstiger Christ, ein freudiger Einwohner unbekannter Konfessionen. Es regnet. Ich suche mein Gemeindehaus, mein Seemannsheim, meinen Unterschied zwischen Trave und Wakenitz.

Wo blühen die gefrorenen Christen auf? Marzipan gibt es in allen Formen, auch lebensgroß. Mir gefiel eine Marzipanschwedin. Glühweinheiß rannen mir die Tränen in den Speisewagen, es war eine große Liebe, mit Husten und Heiserkeit. Nun bin ich im Gemeindehaus und im Seemannsheim eingetragen, bekomme Prospekte und Aufforderungen zur Andacht, aber war es Falun oder Gällivare oder die Marzipanmanufaktur? Viel Schnupfen wird noch herniederfließen, Tag für Tropfen. Ohne reine Bemühung erfährt man das Wichtige zu spät. Ein Satz fürs Leben, ausgesprochen obwohl man mit dem Leben zurückhaltend sein soll. Es strickt sich mit Rundnadeln rundum, ein Strumpf zum Vorzeigen beim Jüngsten Gerücht, fertig geworden weder der eine noch das Paar, vielen sind entscheidende Maschen gefallen.

Lübeck, 120 Kilometer westlich von Rostock, 20 000 Kilometer von Neuseeland, wenn man aber die Route durch den Erdmittelpunkt wählt, nur 12 000. Man kann es, solchen Entfernungen zum Trotz, nicht fallen lassen. Ich bin ein Beispiel. Ich stricke nicht, ich will keine Entschuldigung vorweisen, ich bleibe bei meiner Liebe. Die Fahrpläne sind geändert, die Hunde haben neue Generationen angesetzt, der Bahnhof ist verlegt, ich brauche keinen Bahnhof, ich bleibe.

Viareggio

In Viareggio war ich verhältnismäßig oft, sieben oder acht Mal, öfter als in München und weniger oft als in Antwerpen. In Antwerpen bin ich aufgewachsen, es ist durch etwas berühmt, was ich vergessen habe, möglicherweise Froschschenkel. Wenn es Froschschenkel sind, so werden sie exportiert, und die Antwerpener kauen verdrossen auf schenkellosen Fröschen. Aber wie gesagt, ich kann mich irren, vielleicht handelte es sich um Damhirsche oder Brieftauben, irgendwas mit Natur war es jedenfalls, soweit trügt mich die Jugenderinnerung nicht.

In München war ich nur einmal, auf der Durchreise, zwanzig Minuten. Eine Limonade mit Geschmack verbinde ich damit. Ich weiß nicht, ob ich als Kind dort war oder als Großvater, jedenfalls ist es lange her.

Nun aber Viareggio selbst. Es liegt in Galizien, gleich hinter der portugiesischen Grenze, und ist berühmt durch seine Fußballmannschaft, die Schwarz-Roten, die zum Beispiel Lokomotive-Karlmarxstadt schon mehrfach geschlagen haben, das letzte Mal sogar eins null.

Ich bekam eine Karte aus Viareggio, mit der Fußballmannschaft, schwarz-rot, habe aber den Verdacht, daß nur der Stempel echt ist. Deswegen komme ich auf die ganze Sache, die Zusammenhänge, die Hintergründe, den Verdacht, ich bin nicht einmal sicher, ob es sich um eine Fußballmannschaft handelt oder um Wühlmäuse. Alles ist möglich, wenn der Fernsehapparat gut eingestellt ist, man kennt die besseren Sachen in Viareggio und anderswo, besonders in den Lampen nachts, wo niemand hinsieht, von den Friedhöfen schweigen wir.

Und die Schenkelfolklore, über die wiederum nur das Pfeifen einer entfernten Lokomotive hinweghilft, aus Karlmarxstadt oder Antwerpen, — laßt uns mißmutig sein und die eine nicht besser finden als die andere.

Aber Viareggio, da war ich oft, sieben oder acht Mal, vielleicht eher sieben, aber ich war.

Sünde

Die Versuchung des Fleisches ist mir nicht fremd. Ich gestehe, daß ich ihr fast täglich erliege (außer Freitag, wo wir Fisch haben), der Schlackwurst, dem kleinen Frühstücksgulasch.

Im Garten meines Metzgers hängen an einem Pfahl luftballongleich die Wursthäute, sinnverwirrend. Därme, gereinigt natürlich, und fast durchsichtig. Gelungen. Ich las in einer Tiertheologie, die Aufgabe des Menschen sei es, alle Tiere zu Haustieren zu machen. Welche Aussichten, und für wen!

Da also, am Garten meines Metzgers, gehe ich täglich vorbei, und von den theologischen Erwägungen abgesehen denke ich täglich acht Minuten, das heißt bis zum Bahnhof, darüber nach, wie der Vorname der Allmutter Natur heißt. Ich habe an diese Frage, wenn ich es zusammenzähle, schon eine erstaunliche Zeit verwendet, ich gehe seit zehn Jahren zum Bahnhof, und am Ende haben sich drei Namen herauskristallisiert: Ellfrihde, Walltrautt und Ingeburck. Noch zehn Jahre und der Name ist eindeutig.

Ich bitte euch, wartet auf mein Resultat, bevor ihr euch voreilig entscheidet. Über den Familiennamen denken wir dann gemeinsam nach. Er muß etwas Phönizisches haben, wie die Vornamen.

Mein Schuster

Mein Schuster will nach Saarbrücken, auf Schusters Rappen, möchte ich sagen, aber er benutzt die Eisenbahn. Sein Reisemodell ist auch eher ein Apfelschimmel, eine veraltete italienische Produktion, farbenfreudig mit viel Weiß.

Mein Schuster braucht nur einmal umzusteigen. Das ist gut, denn er fährt auf einem Bein. Er braucht immer nur den rechten Schuh, der linke ist in Saarbrücken. Dort hat er jemanden, der nur linke Schuhe braucht, er beschenkt ihn jeweils zu Weihnachten mit einem halben Paar. Sie haben sich nach vielen Inseraten gefunden, jetzt besucht er den andern, den linken, den Saarbrücker. Er freut sich, ihn endlich kennen zu lernen. Sie wollen eine Aufnahme von beiden Schuhen machen und über Vietnam reden.

Mein Schuster sagt, Vietnam gebe es seit der Steinzeit, aber da wird er schlecht ankommen, der Saarbrücker kennt die Sprachregelungen und weiß auf alles schon die richtige Antwort, während mein anarchistischer Schuster noch in Stuttgart fragwürdig umsteigt.

Mein Schuster steht allein auf seinem Bein. Niemand nimmt ihm seine Kernsätze ab, keine Verschwörung ringsum, Plastikbomben schwer erhältlich, seine Genossen lebten vor hundert Jahren und wenn es ihre Gräber noch gibt, streut niemand Blumen darauf, nur Sonne und Mond scheinen gleichmäßig und ohne Vorwurf darüber.

Gute Reise, mein Schuster!

Hausgenossen

Was mir am meisten auf der Welt zuwider ist, sind meine Eltern. Wo ich auch hingehe, sie verfolgen mich, da nützt kein Umzug, kein Ausland. Kaum habe ich einen Stuhl gefunden, öffnet sich die Tür und einer von beiden starrt herein, Vater Staat oder Mutter Natur. Ich werfe einen Federhalter, ganz umsonst. Sie tuscheln miteinander, sie verstehen sich. In der Küche sitzt der Haushalt, bleich, hager und verängstigt. Er ist auch ekelhaft, manchmal tut er mir leid. Er ist nicht mit mir verwandt, ist aber nicht wegzubringen.

Eine halbe Stunde habe ich Freude an Literatur. Die Kinks, denke ich, sind soviel besser als die Dave Clark Five. Aber plötzlich kommt sie wieder, mit blutverschmiertem Mund, und zeigt mir ihr neues Modell. Alles zweigeteilt, sagt sie, ein Stilprinzip, Männchen und Weibchen. Fällt dir nichts besseres ein, frage ich. Tu nicht so, alter Junge, sagt sie. Hier, die Gottesanbeterin. Während sein Hinterleib sie begattet, frißt sie seinen Vorderleib. Pfui Teufel, Mama, sage ich, du bist unappetitlich. Aber die Sonnenuntergänge, kichert sie.

Ich versuche, mich zu beruhigen, und will meine Bakunin-Biographie um ein paar Zeilen weitertreiben. Da hat dich der Marx aber ganz schön fertiggemacht, Michael Alexandrowitsch, sage ich laut, und schon steht Papa im Zimmer. Er fieselt an einem Rekrutenknochen. Ich ziehe unter seinem mißtrauischen Blick den Staatsanzeiger über mein Manuskript. Du singst zuwenig, sagt er, und ich merke erst, als er wieder draußen ist, daß er mein Portemonnaie mitgenommen hat.

In der Küche weint der Haushalt ohne Hemmung. Ich mache die Augen zu, stopfe mir die Finger in die Ohren. Mit Recht.

Sammlerglück

Ich glaube, meine Sammlung historischer Gummiknüppel aus Ost und West war die einzige ihrer Art. Jetzt habe ich sie an einen schwedischen Interessenten en bloc abgestoßen, gerade noch rechtzeitig, wie ich glaube, vor den Notstandsgesetzen. Man kann solche Gegenstände zu meiner Überraschung nicht immer im legalen Handel erwerben. Allmählich wäre ich in Schwierigkeiten gekommen.

Bebilderte Kataloge habe ich noch, in magerer Siebencicero auf Rotationspapier gedruckt und geschmackvoll geheftet. Interessenten können ihn gegen Voreinsendung von DeEm fünfzig erhalten. Der Versand erfolgt diskret.

Meine Sammlung war nicht vollständig — wie sollte sie auch — hatte aber Höhepunkte, hatte Stücke voller Poesie. Ihr kennt die Muscheln, in denen man das Rauschen des Meeres hört. Mein Stück 77 München muß man allerdings höher ansetzen als am Ohr, aber die Wirkung einiger auch leichter Schläge ist ganz ähnlich. Man hört noch heute ein Stück Schwabinger Bohème, Wasserwerfer, Einsatz der Berittenen, die Oberstimme aus dem Funkwagen, und die Akklamation nordmünchner Heimatdichter, – ein verspätetes Schwabinger Glück, woran doch sonst die Vergänglichkeit nagt und einen mit Wehmut erfüllt. An einem andern Modell, 67 Berlin, finden sich unter einem guten Fixativ Mädchenhaar und Mädchenhaut, wie sie beide so oft besungen werden. Hier scheinen sie gewissermaßen als stenographische Kürzel auf.

Manchen Abend habe ich sinnend inmitten meiner Sammlung verbracht, träumend und mit weit schweifenden Gedanken zwischen Marquis de Sade und Paul Lincke.

Das freilich ist nun vorbei. Ich sammle jetzt Einwegflaschen und bin damit jeder Änderung des Grundgesetzes gewachsen.

Episode

Ich wache auf und bin gleich im Notstand. Die Gründe weiß ich nicht genau, verhafte aber vorsorglich meine Kinder, Verhaftungen müssen sein. Im Rundfunk stelle ich Tanzmusik ein, drehe die Antenne in Richtung Luxemburg. Mit den Handschellen klirrend patrouilliere ich durch die Etagen. Im Mezzanin ist alles in Ordnung, im Keller auch, aber sonst? Kein Erkennen der Lage, kein Ernst, kein Verlaß, Bananenschalen auf den Treppen. So weit kommt es, wenn man die Zügel locker läßt.

Unter dem Dach herrscht volle Anarchie, jemand liest Karsunke, meine Hauswirtin schläft, mit achtzig Jahren sollte sie wissen, was man zu tun hat. Webern liegt auf dem Plattenteller, so zersetzt ist alles und die Wände voll Schimmel. Durchgreifen. Ordnung ist das halbe Leben, die andere Hälfte auch. Mit feuchten Augen höre ich die ersten Nachrichten aus dem Hauptquartier. Man beglückwünscht sich, es wird alles besser, das Strafgesetz schon umgearbeitet, man hatte es in den Schubladen. Im ersten Stock stellt man sich inzwischen um, beginnt realistisch zu denken. Ein Polizist aus Berlin, auf Urlaub, übernimmt das Standrecht und die Löscheimer. Viel Idealismus.

Um elf habe ich auch das Erdgeschoß auf Vordermann gebracht, mit etwas Nachhilfe, aber nicht viel. Um zwölf sortiere ich staatsfeindliches und jugendgefährdendes Schrifttum aus. Um eins versammle ich die Hausgemeinschaft zu einer Ansprache, die als Mittagessen eingelegt wird. Um zwei umstellt Gendarmerie das Haus und verhaftet uns alle.

So gemütlich ist es immer noch.

Unsere Eidechse

Unsere Eidechse raschelt auf dem Kopfkissen, unter, hinter, neben dem Kopfkissen, und verändert unsere Träume. Ich habe meist wissenschaftliche Träume, Etymologien, Algebra, Chirurgie, auch Bandscheibenfälle. Mein Beruf — ich bin Berufstrinker — spielt nur wenig hinein, so wenn ich meinen Blinddarm statt in Spiritus in Grappa aufbewahrt finde. Herr Doktor, sage ich, es ist gegen die Konjunktur, und der Doktor verteidigt sich schwach, er ist nur ein Vierzig- bis Sechzig-Prozent-Doktor, und weist auf die Eidechse hin. Ich halte mit meinem Wissen zurück, will meine Trümpfe nicht gleich zu Anfang ausspielen, verschweige also, daß ich die Eidechse für einen Gekko halte, einen weiblichen Gekko, ja daß ich dessen so gut wie sicher bin. Immerhin lasse ich das Wort Haftfüße fallen, was den Doktor ratlos macht, er schreibt mir eine Überweisung aus, weil er auf Menschen dressiert ist, Minusio heißt er und das wirft auf seine Prozentzahl ein bezeichnendes fast düsteres Licht. Ich gehe der Überweisung nicht nach, vor lauter Melancholie lache ich, ganz der Dienstordnung gemäß.

Nach solchen Träumen wache ich frühzeitig auf, für gewöhnlich ist die Dämmerung in Gang, und ich nehme den ersten Schluck. Neben mir an der Wand haftet die Eidechse, der Gekko, und ist auch wach. Ich denke nach, wie lange wir schon, Kopfkissen an Kopfkissen, zusammen leben.

Ein Postfach

Ich habe keine Wohnung, bloß ein Postfach, besuch mich da!

Ähnlich wie mir geht es den Feuerwanzen, die den Efeu meines Großvaters als Adresse haben. Sie tauschen Nachrichten aus über den preußisch-österreichischen Krieg, über den Hufbeschlag und die Kümmelqualität an der Schwarzen Elster. Besuch mich da, dort und überall!

Ich erschrecke noch heute über die drei Salven des Kriegervereins. Mir war nur der Würfelzucker klar geworden, ein Herzmittel. Besuch mich, mein Kater, zwischen zwei Baldriantropfen!

Hornissen sind selten, aber in meinem Postfach nisten sie. Sie sind pflaumengroß und gutmütig und rascheln in alten Briefen, die ich nicht mehr abhole. Sie benutzen liniertes Papier für ihre Nester und ziehen wiederum Hornissen auf, die genau so aussehen wie sie und für ihren Gesang die gleiche Tonlage benutzen. Besuch mich zwischen Ahnen und Enkeln und zwischen Leinencouverts. Die Salven für die Abgeschiedenen sind hier ganz leise, die Nachrichten von Königgrätz noch nicht angekommen.

Iecur

Iecur, die Leber, ein Wort, das im Litauischen Furore macht, auch aus dem Albanischen kann man Erkenntnisse gewinnen, die man nicht mehr los wird, wie gern man auch möchte.

Iecur, die Leber, das nimmt sich leicht mit, auf kleinere und größere Reisen, zornige Privatdozenten beeilen sich zuzustimmen und nehmen Platz neben dem Fahrer, ohne Verkehrsbedenken. Keltologen und Iranisten kann man unter dem gleichen Hut zu Fall bringen, es ist ein Strohhut, der auch im Regen tragbar ist, ja er wird für Monsune geradezu empfohlen. Das bedenken die meisten nicht.

Iecur, die Leber, eine indogermanische Delikatesse, die einem die Zwiebel in die Augen treibt. Ich weiß Bescheid, ich saß im Hörsaal 13, der für gute zwanzig Sprachwissenschaftlerinnen reicht, allein. Hin und wieder ein Slawist, Kenner der eigentlichen Belgrader Weinkneipen.

Iecur, die Leber, Sartre muß andere Wörter meinen, bei Dante ist es selten, bei Wittgenstein fehlt es ganz. Nur Prometheus, aber von ihm ist bloß ein Schrei überliefert, der schwer einzuordnen ist.

Versuch mit Leibniz

Hinter der zuen Tür wohnt Leibniz, habe ich mir sagen lassen. Bisweilen erhebt er seine Stimme, aber er ist sein eigener Partner. Er verkehrt nur schriftlich mit der Welt, oft höre ich nachts seine Schreibmaschine, und ich klopfe an die Wand, um ihn an der Erfindung der Differentialrechnung zu hindern. Umsonst. Er scheint mich für einen Nomaden zu halten, von denen er behauptet, sie hätten keine Fenster. Aber ich habe Fenster, habe auch eine Wand und eine Tür. Seiner Definition nach kann ich nicht zu den Nomaden gehören, aber ich weiß es besser. Sein Satz reizt mich zum Widerspruch, zugleich denke ich ihn weiter. Meine erste Fortsetzung ist: Aber die Brillen sind die Augen der Seele. So leben wir in beständiger fruchtbarer Nichtverbindung. Ich denke Dinge, auf die er selber nie gekommen wäre. Auch den Optimismus habe ich ihm durch die zue Tür mit Klopfzeichen eingeblasen. Er hat ihn dann später in anderen Wohnungen ausführlich benutzt, mir lag die Sache schon vorher. In einer schlaflosen, von seiner Schreibmaschine verstörten Nacht, habe ich das Wort vom effulgurativen Uhrmacher erfunden, das er dann später in seine Teile zerlegt hat. Er war ein guter Benutzer meiner Einfälle. Aber in dieser Hinsicht bin ich großzügig und erhebe keine Prioritätsansprüche.

Sonst bin ich nicht großzügig. Der Triumph in seiner Stimme ärgert mich; wenn ich auf die Straße gehe, suche ich seine Fenster und finde sie nicht. Ich fürchte, selbst mein Optimismus hat ihm zu etwas anderem gedient als zu meiner Heiterkeit. Ich möchte ihm gern

persönlich widersprechen, aber er macht die Tür nicht auf.
Es läge doch nahe.

Späne

Wäre ich kein negativer Schriftsteller, möchte ich ein negativer Tischler sein. Die Arbeit ist nicht weniger geworden, seitdem der liebe Valentin den Hobel hingelegt hat. Staatsmänner haben ihn übernommen. Aber es lebe die Anarchie!

Mit diesem Hochruf gehe ich in die nächste Runde. Späne sind mir wichtiger als das Brett. Bretter erinnern mich an Särge, Späne an lebendiges Haar. So emotional sieht sich die Welt für mich an. Sicherlich ein Nachteil, wir brauchen harte Herzen, das las ich schon an Bahnunterführungen vor dreißig Jahren. Aber es lebe die Unordnung!

Dritte Runde. Zuchthaustüren. Der liebe Valentin wird am Ärmel gezupft und fügt sich. Sein Nachfahr singt sein Lied in kleinen Kneipen. Ach diese Hilfsarbeiter für Hierarchien! Schizophrenie ist strafbar, Trauer ein Entlassungsgrund. Wir lächeln dienstfreudig.

Mittel sind gut verpackt, das gehört dazu. Nur die Zwecke kommen dir als offene Drucksache ins Haus, als Phonopost mit verminderter Portogebühr. Alles mit Gebühr, gebührend, wie sichs gebührt, wie sichs friedricht. Eigentlich genügen drei Runden, die Anarchie kommt nicht einmal auf die Wage, und die Wage schreibt sich neuerdings mit zwei a. Da weiß ich nicht mehr, welches die Mittel sind und welches der Zweck, man muß nachsehen, im Gebührenheft für Bretter und Späne.

Huldigung für Bakunin

Wir sind zu fünft unauffällig rasiert und versammelt. Der Wiedererwerb der Grabstelle ist gelungen, das feiern wir mit einer kleinen frauenlosen Andacht. Nachdem durchreisende Revolutionäre sich angewöhnt haben, leere Patronenhülsen als Gruß niederzulegen, auch verrostete Dolche fand man im Efeu, versuchen wir jetzt, die Fremdenverkehrswerbung zu unterwandern, planen eigene anarchistische Reiseprospekte.

A. B. und B. C. sind dabei. Die Andacht ist still. Wir meditieren über unsern verehrten Vorgänger, zum Teil auch über andere Dinge, ich zum Beispiel über den Monatsersten. Wie oft mag er selber darüber meditiert haben! Später, bei einem düsteren Bier, wollen wir unsere Meditationen vergleichen, wobei wieder unsere Spaltung in Marxfreunde und Marxgegner deutlich werden wird. Zur Zeit steht es 3 zu 2, aber es ist noch nicht einmal Halbzeit. Zementregierungen und Betonstaaten sind im Vormarsch.

Meditationen über Wachsblumen und über die Ebene der Tonkrüge. Herbstblätter sind zu natürlich, Saigon ist zu aktuell. Uns liegt es, hundert Jahre zurück oder hundert Jahre voraus zu sein. Wir halten es mit den Wissenschaften und mit der Utopie, meditieren nur an Gräbern, sonst sind wir tätig. Resolutionen lassen wir aus, wir feiern die Narren auf verlorenem Posten.

Aber wer mag an Bakunin gedacht haben? Nicht einmal ich, nicht an seine Gefängnisse, nicht an sein Sibirien, nicht an sein verlassenes Locarno. Hoffentlich hat er dort wenigstens ein paar schöne sonnige Tage gehabt, die ihm den Bart gewärmt haben.

Kurmittel

Für die Jahreszeit zu kühl, für die Stunde zu wach. Man hört die Zeitzeichen, man hört noch einmal die Steine unterm Fuß, dann beginnen die Hochmoore. Die Paßstraße wird von einem Maultier blockiert. Maultiere sind hier selten, es sind militärische Maultiere.

Mit dem Fernglas erkennst du die Kurgäste im Tal, unterwegs zu ihren schmerzhaften Anwendungen, auf dem Kasernenhof eine angetretene Kompanie, stumm, ein Dia in Grau. Unter Wasser atmen noch einige Reisbauern, aber seid unbesorgt, die Maschinengewehre richten sich auf die wichtigsten Punkte. Ihr Lieben, waren wir nicht eben noch in Karlsbad, Abano, Reichenhall? Setzt eure Kur ruhig fort, wir sind abgesichert, eure Anwendungen finden zwischen den Linien statt, zwischen den Zeilen chinesischer Gedichte, so schnell geht die Zeit, die Jahreszeit, so kurz ist der Weg nach Tinchebray, so eng stehen die Zeilen.

Klimawechsel

Wahrscheinlich ist die Tür offen. Kellner, Ärzte, Diebe und Touristen können eintreten. Die einzige Möglichkeit, daß niemand ins Zimmer kommt, ist, das Geld vor die Tür legen. Ich habe es längst getan. Nur noch eine Katze kommt. Später ein Milan. Er merkt, daß er sich in der Zimmernummer geirrt hat, und bewegt ratlos die Flügel. »48« sage ich, er bedankt sich und geht. Ich sitze eine Weile im Bett, vielleicht habe ich mich doch geirrt, wars nicht 32? Eigentlich weiß ich nur, daß es eine gerade Zahl ist.

Ich will aufstehen und ihm nach, merke wieder, daß ich an den Laken klebe, die Angst zu ersticken beginnt wieder. An der Klimaanlage müssen früher Knöpfe gewesen sein, vor hundert hundertfünfzig Jahren, als auch die Luftröhre noch offen war. Ich wüßte nicht einmal wie man es machte, wenn es Knöpfe gäbe. Ich weiß von nichts wie man es macht, das Leben, die Danksagungen, die Versammlungen, wie man überhaupt die Ballette sieht und die Trommeln hört, und Meckels Graphik: Muß man sie sehen, muß man sie hören, mit den Fingern betasten? Ich bin dreisinnig, bin nur als Klebemittel für Laken vorhanden, in einem Laken, das ich nicht wollte. Wenn es hell wird, in neun oder zehn Stunden, wird man mich herausspülen. Guten Morgen, sage ich.

Salz

Ein Musikhistoriker erklärt uns den Affenbrotbaum, — das ist im großen ganzen immer die Lage. Wir wundern uns nicht, Völker- und Landeskunde sind wir gewöhnt, wir trinken Bier dagegen. Die Historie trinkt Wasser gegen den Durst. Das sind die Unterschiede, wir sind stolz darauf.

Keine kurzen Sonntage, keine Verpflichtungen am Abend. Nein, wir bleiben auf den Stufen der Missionsschule, zwischen den Muscheln. Da ist ein Platz mit dem Blick auf die Bohlenbrücke, den besichtigungswerten Friedhof, die schwarzen Ferkel mit den spitzen Rüsseln. Hier fängt die Welt an. Ein durchsichtiges Klassenzimmer, vom Meer her weht grün ein Schirm. Die Wellblechtüren werden geschlossen für die Nacht und für den Mittag. Wir machen Schritte, wir gehen, gehen wir weg? Die Haubenlerchen jedenfalls bleiben allein. Wir gehen dem Wunsch nach, in das Land Hsin eingebürgert zu werden, Salz in geflochtene Körbe zu füllen, in Salzgärten zu dörren.

Das brauchen sie gewiß, Salz. Aber Wünsche?

Nach Bamako

Wir sind Hinterwäldler, immer ein zwei Jahre zurück. Wir wünschen uns noch den Expreß nach Bamako, Abfahrt zweimal wöchentlich, mit Liegewagen, auf dem Bahnsteig werden Erdnüsse verkauft, auch Bananen wenn ich nicht irre.

Weit zurück, wir halten noch bei den mexikanischen Zauberpilzen, wir halten noch bei den dunklen Lichtungen, ohne Fahrplan, auf den dunklen Lichtungen bleiben wir, da können wir uns von Grashalm zu Grashalm tasten, die Augen sind empfindlich noch von der Steinzeit her.

Gauß weinte, weil es in den Primzahlen kein Gesetz gibt. Da halten wir. Protokollgerecht tasten wir uns zu den Grashalmen. Die finden wir überall, Vöcklabruck, San Francisco, überall Grashalme, überall Primzahlen zum Weinen.

Es pfeift, das ist der Expreß, die Abfahrt, die wir uns immer gewünscht haben. Den Bahnhofsvorsteher nimmt es mit, er wischt sich die Augen mit einem grünen Tuch. Es ist die Grasfarbe und die Farbe des Propheten. Ich glaube, jetzt winkt er uns. Er kennt die Verspätung, er weiß, wir kommen mit unsern Träumen nicht nach, höchstens die Erdnüsse sind eins mit ihren Sekunden. Und was nützt uns das? Sie sind schädlich, sind nicht einmal Nüsse.

Zu Schiff

Die Säulen des Hercules gegen 22 Uhr. Die Welt in Ordnung, die Navigation wie die Hundezwinger. Drei Klassen, mit sicherem Griff unterteilt, drei Speisesäle, vin compris. Auch gegen die Hochhäuser von Malaga ist nichts zu sagen. Dito nichts gegen die Sonnenuntergänge in vier Rots. (Und alles)

Nachher hat man immer recht. Man sollte gleich nachher leben. Und immer am Rande des Mittelmeers, dann weiß man über alle Hierarchien Bescheid, zum Beispiel ist die gelbe Rasse hier garnicht vertreten, nur in Farbfilmen schwach und ganz minder.

Ein Vater badet mit seinen sieben Jünglingssöhnen in der Standardklasse, sie habens nicht weiter gebracht, haben zusammen drei große Blechkoffer, und alle sind schwarz, die Koffer und die Söhne. Und das Wasser in der Piscine färbt sich nicht, kann sich nicht färben, es ist keins drin. Für die weniger Begüterten soll man wenigstens Halluzinationen haben.

Im Freibad springen die klassenlosen Delphine. Sie springen olympiareif, sollen auch klüger als Menschen sein, die Gemeinplätze darüber lassen wir aus.

Es gibt unvergleichliche Tage. Heute ist einer. Die schwarzen Söhne lachen, die Delphine springen in ewiger Freizeitfreude. Aber was wiegen diese Tage, diese Sprünge, was wiegt dies Gelächter auf? Es ist alles schwarz wie die Haut.

Landausflug

Wieder habe ich versucht, einen Zitterrochen zu finden. Vergebens. Immer Eier und Feigen, eßbare Idylle, zum Speien.

Es ist an der Zeit, die Selbstmordquote der Metzger nachzuschlagen. Die Zusammenhänge sind deutlich, wenn ich auch nicht weiß, welche Zusammenhänge. Man kennts von der Harmonie der Welt. Liebe und Eiter sind eins in Gott, und alles freiwillig. Zugleich fällt kein Sperling vom Dache undsofort.

Apropos Sperling auch Dach. Ein Vogelpaar belebt den First. Es schnäbelt, sie schnäbeln, was man ihnen garnicht gestatten sollte, da sie es Geier sind. Die Hälse wenden sich seelenvoll, je ein Auge beobachtet den Fortgang des Marktes. Unwürdige Vögel, sie töten nicht, räumen bloß auf, widerlich. Wie ist es möglich, daß auch sie es an der Liebe teilnimmt? Es genügte, wenn ihre Nachkommen aus Schmutz entstünden. Nein, Gottes Vogel ist das nicht, sind nicht.

Königlich aber ißt der Löwe mit Messer und Gabel, in China mit Stäbchen, und der Marder bindet sich die Serviette um, bevor er Blut trinkt. Nackte Hälse fordern zur Verachtung heraus, die ihnen auch zuteil wird. Das gebrochene Auge des Hasen erregt das Entzücken des Kenners.

Enough, genug, assez. Der Verkäufer wirft einen letzten wütenden Blick auf das unverkaufte Fleisch, die Salatblätter färben sich dunkler, ein Geierflügel bewegt die Luft, und die Schiffsglocke, die läutet, ist möglicherweise unsere.

Phantomschmerzen

Ich habe Schmerzen, wo ich nicht bin. In einer Zimmerecke oben, die ich auch mit dem Besen nicht erreiche, ein Pochen wie in einem wehen Finger. In einer andern Ecke ein ziehender Schmerz, rheumatisch könnte man sagen. Vor und hinter mir und an beiden Seiten, während ich an meinem Schreibtisch sitze und Tabletten esse. Ich habe zwei Bücher aufgeschlagen, über indische Plastik und die Wunder des Meeres. Sorgenvoll betrachte ich die verstümmelten Götter, die säkularisierten Kraken.

Dann beginnt es einige Wände weiter auf dem Küchentisch, Blinddarm oder Verhör dritten Grades. Ich blättere in der indischen Plastik, sie gibt nichts her. Phantomfreuden habe ich nicht zu erwarten, die Freuden verbrauchen sich lieber allein. Ich schreibe mir auf: Apotheke, Hunderterpackung.

Auch wo ich nicht zuhause bin, in Speisesälen, in Wartesälen, bei Versammlungen. Das Gold an den Logen ist abgeblättert. Auch wo es nicht abgeblättert ist, in den verregneten Armen steinerner Zwerge, auf den Sockeln griechischer Göttinnen, in Bäumen und mitten in der leeren Luft, in und auf Pyramiden, auf Kamelhöckern. Fest, flüssig oder gasförmig, es ist überall gleich. Hornvieh verläßt die Ställe, der Karren schließt sich um den Schäfer, die Goldfische bleiben fleckig und stumm, neben den Rüstern, die man mit zwei Armen nicht umspannen kann, neben den Gerüsten an der Westseite. Es gibt keine Stelle mehr, die verschont bleibt.

Zweit

In der Besenkammer steht für alle Fälle unser Zweitleben, sitzt, steht oder liegt, in einem Futteral, gegen Feuchtigkeit geschützt. Es kann ihm nicht langweilig sein, die Hits der Woche dringen herein. Auch schauen wir selber ab und zu nach, wohlwollend, es gibt nur wenig, was uns verstört.

Wir benutzen unser Zweitleben abwechselnd, bei Krankheiten zum Beispiel. Man kann sich einfach im Bett liegen lassen, ist auch nicht so an den Tod gebunden, an die ganze Biologie von den Einzellern bis zum Diabetes. Ausweichen, ein Geheimnis, das keines mehr ist. Hier tut einem der Zahn weh, dort ist man schon plombiert. Ähnliche Beispiele in Hülle.

Manche freilich — aber wir nicht. Wir können aus einem Piaster zwei machen, damit beschäftigen wir uns, kennen Vogelflug und die Länder der Sterne, auch die Abwechslung auf andern Sektoren.

Zweitleben, Zweitleben, frohlocken wir, und denken an ein Drittleben, man kann auch sagen an ein zweites Zweitleben, wir legen auf die Formulierung nicht so großen Wert.

Selten, daß man bleiben möchte. Auch das ewige Klima von Nassau kann einen langweilen, man liegt im traurigen Schnee und verliert sich in Meditationen über die Ölheizung. In solchen Momenten könnte es Überraschungen geben, wenn man nicht schnell genug imstande ist, die Druckknöpfe am Futteral zu öffnen. Man kann gerade noch die Schizophrenie erreichen und der Schnee fällt weiter.

Ende Juni Anfang Juli

Ein Sommertag, die Imkerei ist im Gange, Birnen wachsen für die Gläubigen, ein Tag, an dem sich die Schlupfwespenfrage stellt.

Die alte Frage, sie verdüstert noch den Weizen, und die Utopien fahren schräg vorbei. Die Eichenblätter sind gerundet und die Espenblätter sind spitz, man schluchzt vor Bewunderung. Noch aus dem Mutterkorn kann man Träume herstellen, ein Spirituskocher genügt dafür. Wir gehen aus und lobpreisen und vertrauen unserem mild würzenden Selcher. Die Katzenfrage zwischen Lehnsessel und Fliedergebüsch, der schreckliche Sommertag, viel schöner noch als Salomonis Seide.

Die Spitzenschleier, spanische Mantillen, die Garrote, Maschinengewehre, Prozesse, Hausverwalter, eins greift ins andere, praktisch und voll Harmonie, der Hunger und die Preise, die Menschenfrage, geschrien, geflüstert, ungedacht, fotografiert und auf Bänder genommen, alles ein Sommertag aus dem Paul-Gerhardtschen Barock. Badminton und Unterwasserjagd sind dazugekommen, aber das Blut ist revolutionär konservativ rot über jeder Hautfarbe, die Menschenfrage, staatlich zugelassen, ein schöner Sommertag.

Windschiefe Geraden

Meine Großmutter mütterlicherseits war ein Ab-
spülfan. So verschieden sind die Menschen. Manche Re-
gierungsmitglieder zum Beispiel halten den Mond für
ein höheres Wesen. Der Staat regt die Sinnlichkeit an,
das geht quer durchs ganze Nationalbewußtsein. Der
Zeitschrift für landwirtschaftliche Bürobeamte verdanke
ich viel.

In Salzburg spielt man Jedermann. Von Hofmannsthal ist an allem schuld. Ein versehentlich Eingeladener
war der einzige, der beim Bankett der Außenminister die
Pastete genoß. Im Innenministerium liegen Anträge auf
das Amt des Henkers vor. Niemand weiß, ob Diätfehler
oder Charakterfehler schlimmer sind. Der Zeitschrift für
landwirtschaftliche Bürobeamte verdanke ich alles.

Gefirmt durch einen Backenstreich des Nichts. Als
ich amputiert war, verlangte ich bei der Entlassung mein
Bein. Ein Andenken, es gehört mir. Ich möchte wissen,
was mit amputierten Beinen geschieht. Die Andersgläu-
bigen sind jetzt unterrichtsfrei. Die Zeitschrift für landwirtschaftliche Bürobeamte erhielt Meyers Lexikon zur
Besprechung.

Kerzen brennen, weil die Stromversorgung gestört
ist. Mir geht das Licht auf, wo alles eins ist. Ein Backenstreich. Ein bestimmter Punkt im Raum, nicht einmal
weit. Mit klappernden Zähnen wird man Staatsanwalt,
Parteichef oder Bundespräsident. Die Zeitschrift für
landwirtschaftliche Bürobeamte ging ein, als Meyers
Lexikon erst bis Rinteln erschienen war. Bis dahin weiß
ich Bescheid.

Erste Notiz zu einem Marionettenspiel

Unter Wasser ist es nicht viel anders. Man atmet durch Kiemen, das ist alles. Man hat Feindschaften, vielleicht sogar Freunde, hat eigene Algen, und manchmal trifft einen ein Fischblick und verwundet einen. Diese kühlen Herzen! Aber auch eigene Gedanken wie in dem winzigen Pferdegehirn der Seepferde, die immer gegen die Schöpfung schwimmen, gegen den Golfstrom, Richtung Mexiko.

(Erbitterte Zwischenrufe, daß alles ganz anders sei. Bleiben unbeachtet.)

Die unterseeischen Städte, Vineta, auch hier (siehe oben) jede Stadt eine Wunde, nur zu heilen, indem man in die nächste geht, wo eine neue Wunde etc. etc. Touristik, untergegangene Schiffe, Kapitäne, die Krüllschnitt und Feuer suchen, kalte Strömungen und eine Art Föhn, der Gedanke, daß man etwas verloren hat, was mit Kiemen nicht einzuholen ist, unter Wasser ist wie Alter, hat Vorteile. Dann die Stille, von Delphinsignalen noch verstärkt, eine dicke blaue Stille mit Leuchtspuren. Aber das Wichtige sind die Ähnlichkeiten mit dem Gewohnten, mit den Verkehrsverhältnissen, dem Finanzwesen, die überdauernden Fahrpläne und Kalender, das überdauernde Ja, wenn man in den Sack genäht und in die Donau geworfen wird, ja bei Wasser und Erde, Feuer und Luft.

Der Dreizack, ein römischer Helm, Melancholie, lie, eine Seeschlange. Und dazu die Hoffnung auf ein Telefon, das in andere Sphären reicht, einen Telexanschluß, den man im Tode nötiger braucht als im Leben.

Und der Gedanke an Noah, der allem entging und mit seinen Töchtern schlief und den Weinstock baute, und der Gedanke, daß alle Sünden dürftig sind.

Nathanael

Meinen Schulterreiter sieht niemand. Er hat knochenlose schlangenartige Beine und zieht sie um meinen Hals zusammen, wenn ich etwas tue, was er nicht will. Deshalb gehe ich nie ins Theater.

Es klingelte eines Tages und er lag vor der Tür. Heb mich auf, jammerte er, und flugs, man könnte sagen jach, saß er auf meiner Schulter, als ich mich bückte.

In Tausendundeiner Nacht ist ein Verfahren angegeben, wie man Schulterreiter loswerden kann. Man betrinkt sich und macht ihn neidisch, er will auch trinken, dann wirft man ihn ab. Aber wir sind beide zu Säufern geworden ohne daß er den muskulösen Druck um meinen Hals gelockert hätte. Wir singen zusammen und haben den gleichen cafard. Oh schnöde Welt, sagt er und zieht die Beine noch fester an. Wenn du mich fallen läßt, kriegst du Atemnot, ich kenne deine alten Tricks.

Er behauptet, er hieße Nathanael, und hat mir das Du angeboten. Aber ich rede ihn mit Er an, wie der alte Fritz seinen Müller. Will er nicht absteigen, ich muß jetzt durch lauter niedrige Türen. Aber er kichert bloß, Türen machen ihm nichts. Renne ich gegen Mauern, tue ich mir nur selber weh. Gut zureden nützt nichts, er hat kein moralisches Empfinden. Zweimal zwei ist fünf, sagt er, wenn er mir im Büro über die Schulter sieht, und bringt mich in Verlegenheit. Ich muß alles falsch machen, sonst würgt er mich.

Wie lange bleibt er? frage ich möglichst unbefangen. Ich habe hier einen guten Überblick, sagt er, du bist einssiebenundneunzig. Soll ich stolz darauf sein, daß ich ihm am besten gefalle? Ich suche die Gesellschaft großer Menschen. Der da ist zwei Meter fünf, sage ich. Nein, sagt er, der ist nicht richtig. Wieso bin ich richtig? Ich hoffe, du wirst es nie merken, sagt Nathanael, schließt die Augen und gähnt. Will er jetzt schlafen? Mach dir keine Hoffnungen, sagt er.

Ein Tag in Okayama

Meine Regenschirme aus Wachspapier, meine Tage, mein Morgenblick aus dem Fenster. Zum Frühstück kalter Reis mit kaltem Fisch, Liftgirls an denen alle vorbeisehen, ein Rülpsen, Fortsetzung des Frühstücks.

Okayama, das sind Stelzvögel, ziemlich aufdringliche, ich gehe alle Gartenwege nach dem Plan ab, der Portier versteht mich nicht. Meine Regenschirme, mein Regenschirm. Ich kaufe mir eine Uhr, die größte Japanerin meines Lebens geht vorüber, zwei Meter und dazu die hohen Sandalen, während man die Uhr viermal täglich aufziehen muß, Zahlenmystik und mein Wachspapier.

Ich werde nicht mehr wachsen, ich bleibe einssiebzig, ein mittlerer Charakter, und mein Koffer ist für meinen Charakter zu schwer. Ich gehe mit stündlich wechselnden Regenschirmen durch meinen Charakter, der Park ist sehenswürdig, die Stelzvögel sind eine Leihgabe, haben Erkennungsmarken, aber ich erkenne sie nicht. Ein Autobuspark, Schuluniformen, ich denke: Junge Eisenbahner. Das ist besser als eine Überschrift, trauriges Wachspapier, kummervoller Reis, meine Uhr ist stehengeblieben.

Es ist untröstbar, aber selbst ein Trost, murmle ich in Abständen. Ich weiß nicht, was untröstbar ist, ich bin tröstbar, tröstbar mit Regenschirmen, mit Parkwegen, mit ein Meter siebzig. Aber ich murmle. Vielleicht denke ich vor allem an meinen Koffer. Es ist mir entfallen, denn es spielt alles nicht im Präsens.

Ohne Symmetrie

Nachts beunruhigt einen die Entropie weniger. Weltläufig oder läufig, sagt man sich, es kommt auf dasselbe heraus. Raumfahrer altern langsamer, auf die können wir nicht mehr warten, die sind jetzt auf Alpha Centauri.

Jede Nacht ist die tausendundzweite, die zehn Gebote sollten neu formuliert werden, sogar das Alphabet. A ist ein Buchstabe, der nur in Erkältungen vorkommt. Scheherezade fällt nichts mehr ein, sie plant schöne Träume und einer gelingt: Ein Traum von neuerer französischer Geschichte. Die Raumfahrer, gealterte Romantiker, vom Übermorgenland. Aber der Entropie entgehen sie auch nicht.

Wie oder nicht wie, die Nacht schläft nicht. Zeugungen sind im Gange, auch Scheherezade, die uralte, wird schön, Tabletten machen sie furchtlos.

Inzwischen ist die Funkverbindung abgebrochen. Die Raumfahrer steigen aus und werden zu winzigen Monden um Alpha Centauri, weltläufig und impotent. Hier steigen Erbsenkinder aus den Schößen, dort werden Elegien erzählt. Die zehn Gebote schreiben sich schnell, das Alphabet ist gelungen, aber kein Ort mehr, es zu befolgen.

Jonas

Ich bekam den Auftrag, ihn zu verschlingen. Das war in der Zeit, als man sich selber noch nicht unterscheiden konnte. Schon das Wort verschlingen mißfiel mir, es entspricht nicht meiner Art von Nahrungsaufnahme. Auch mag ich Eilbriefe nicht, sie regen mich auf. Und schließlich fehlte die Unterschrift. Ich konnte mir freilich denken, wer der Absender war. Und deshalb hatte ich leider das Gefühl, ich müßte der Sache nachgehen.

Nun ist es schwer, Jonas zu finden, wenn man Jonas nicht kennt. Eine Flunder flüsterte mir ins Ohr, es sei ein Prophet. Wiederum weiß ich nicht, was Propheten sind, und woran man sie erkennt. Ist Jonas ein Fisch? Fische mag ich nicht, nur gezwungenermaßen freitags. Man hat leicht reden und mir sagen, Jonas würde sich schon von selbst einstellen, ich brauchte garnichts dazu zu tun, nur immer das Maul offen zu halten. Ich bin ein neurotischer Typ, habe Kinder zu versorgen und muß hin und wieder atmen. Ich nehme Eilbriefe ohne Unterschrift ernst, und nun bin ich unterwegs. Gerade bei den Hebriden hatte es mir und uns so gut gefallen.

Ach diese elenden Meere, diese warmen Strömungen, diese Äquatortaufen. Ich fraß mich durchs Sargassomeer, mußte Fische durchs Maul schleusen und offenbar hieß keiner Jonas. Ums Feuerland herum wurde es klimatisch wieder angenehmer. Aber mein Auftrag, der ging nicht weg, der kam nicht zustande, zu Rande, zu Ende, soviel ich schlürfte durch meine Korsettstangen.

Die Antarktis ist brauchbar, Eisberge sind gut, aber fern von der Familie werden selbst Spielkameraden zum Exil.

Mein Auftrag Jonas, ja so begriff ichs allmählich: Keine Familie ist für mich vorgesehen und kein Exil. Nur Jonas, für nichts anderes sperre ich das Maul auf. Meine süßen Kinder, die an den Hebriden spielen, ich habe euch vergebens geboren. Nur Jonas, nur Jonas. Ich bleibe ein unwürdiges Beispiel, ein Bote, ein Zufall, den man gerade braucht.

Aber ich finde Jonas nicht, er kommt nicht, ich suche weiter. Der Text ist mir nicht mehr genau im Gedächtnis. Hieß es nicht etwa, daß Jonas mich verschlingen sollte?

Begrüßung

Der Zitronenkern steigt vom Grunde des Glases auf. Willkommen! Eine Scheinfrucht, aber gesund, es lohnt sich Zitronen zu trinken, auch Sanddorn und Selleriesaft. Willkommen! Entscheidungen fallen selten; zum Beispiel wenn man eine stärkere Brille braucht, willkommen, ihr Dioptrien! Die Nadeln an der Fichte sind besser geordnet als ich dachte, die Seele hat ihre Muskulatur.

Nachts bleiben die inneren Türen auf. Ein Zwischenhoch breitet sich zwischen Küche und Schlafzimmer aus, zieht die Blätter der ungeschriebenen Briefe zusammen. Wo werden sie hingehen, wenn man die Adresse nicht weiß? An den Bodensee, in die Jammerbucht, das Mainviereck. Ebenfalls willkommen! Und der Zitronenkern sinkt wieder hinunter, Grüß Gott!

Wir werden zensiert, wie die Gläubigen, die aus den Zuchthäusern schreiben. Rosas sternbestickter Mantel wird mit Ausziehtusche unkenntlich gemacht, ein Frieden will nicht kommen, ist auch nicht erwünscht. Die Spree und die Isar nehmen vieles auf.

Nun will ich die Stimme von Joyce hören und das rollende r. Die Flußnamen ähneln sich. Verschollene Zitronenkerne werden bis in die Weltmeere geschwemmt. Jemand setzt seine stärkere Brille auf und sieht keine Kerne. Er sieht die trüben Ausgeburten und das Salz. Eine Totenmaske wird nicht abgenommen.

Wir wollen so werden wie wir sind, es ist nicht einfach. Ordnungen haben sich eingenistet, Zoll wird erhoben. Wir hören noch Stimmen, schnuppern um das Salz zu schmecken, Briefe werden zurückgesandt. Zu Mariä Lichtmeß wechseln wir den Dienst.

Geometrie und Algebra

Hier ist die Klage, dort die Riemannsche Vermutung, eins würde das andere beweisen, wir kommen nicht so weit. Elegien kann man in Klammern auflösen.

Morgens gehen wir gleich mit Zirkel und Lineal unser Leben an. Man abstrahiert sich und die Türen fallen ins Haus, überall Briefmarkensammler und Elternpaare mit Kindern, die Koksheizung im Keller hilft etwas, aber auch da bleiben die Klammern, eckig und rund, — wie weit rücken sie auseinander! Klammer auf, unendlich viel geometrische Örter, in denen niemand bleiben will, Klammer zu. Die Fahrplanminuten sind es, die uns ordnen.

In dreigeteilten Winkeln hocken wir und verschwenden keinen Gedanken. Wir fegen sie alle zusammen, weißer als weiß liegen sie auf der Schaufel. Mittwoch wird der Müll abgeholt, man darf es nicht auslassen. Nur die grauen behalten wir, sie verzinsen sich.

Im Heizungskeller schlafen die Formeln ihren Winterschlaf zwischen den Schlacken. Manchmal regt sich etwas, sie träumen. Beunruhigt vom Wasserstand geben wir uns unsern Abstraktionen hin, verfallen in ihren Schlaf.

Rundschreiben

Die Schreibmaschinen rennen, der Verteiler zeigt 99 Adressen. Aber wir kennen uns, wir sind nur einer.

Es geht um die Öffentlichkeit. Eine fortschrittliche Justiz hat nichts zu verbergen. Bei uns bemerkt der in Betreff weder seinen Spruch noch seine Guillotine. Er fühlt bloß ein Räuspern in der Kehle, so diskret sind wir. Er kann weitersprechen.

Es geht um Poseidons Fichtenhain. Die Delinquenten wollen aus ihrer Verborgenheit. Ein Blick auf die Menge überzeugt sie, sie verfluchen den Henker, den knopfdrückenden Abgeordneten und die Zuschauer, auf die am nächsten Tag eine schmutzige Bombe geworfen wird. Wie gewünscht und öffentlich.

So verlieren wir unsere Briefbögen und die Kampagne. Auch habe ich Rückporto beigelegt, das geht ins Geld. Doch ein Anreiz muß sein, gerade hier, gerade unter uns. Es ist schwer, ein Rundschreiben zu verfassen. Wenn man es einmal getan hat, ist man für sein Leben erschöpft. Man hat Anschläge in den Augen, ein Reißen in der Schreibmaschine, ein Räuspern in der Kehle.

Aber die Kraniche, sagt ihr, und das ist wahr.

Marktflecken

Meine blasse Muse, Nachtwesen, vielleicht Vampir, meine blasse Meduse, Sekretärin unter See, immer schwankend, aber mit brennenden Küssen am Schienbein. Wohin flüchte ich vor Küssen und Gedichten, die Sprache will alles, auch was ich nicht will, aus schön geschwungenen Mündern fallen Rechtfertigungen ins hellste Dunkel. Da wird Bier getrunken und die Sieger stehen auf dem Podest, ihr Pillendreher der Weisheit, und alles was ist, ist vernünftig. Laßt uns auf die Grabsteine steigen und die verkappten Diener verfluchen!

I hate everybody, mein Knopf am Knopfloch, aber wir sind nur für Hauptwörter und Präpositionen. Da steht das Ego in jeder Zeile, es verbirgt am besten. Hällo, und ihr werdet mich nicht finden, mich nicht und uns nicht. Meine Muse ist aus Sand, meine Meduse ein Stein, der eben noch herausschaut, meine Plakette ein Ladenschild, das nicht auffällt: Schuhreparatur, Sommerschlußverkauf, Süßwaren.

So fahren wir ohne Gefährten und ohne Gefährt. Manche meinen, sie hätten uns, aber schon sind wir entschlüpft, unter See, unter die Nacht, unter die Personalpronomina. Da schauen wir hinaus, Igel und Siebenschläfer, freudig, verdrossen, zugeneigt, sehen Zäune und die Sandflöhe hinter den Kolonialwarenläden.

Notizblatt eines Tänzers

Meine Welt ist nur von der Fußsohle her zu begreifen. Spitze kann ich auch, aber es hat mich nie interessiert. Was ist schon Tanz? Mir liegt nichts daran, mich anmutig zu bewegen, — wer mir das nachrühmt, macht mich ärgerlich. Was sind schon Bühnen? Bretter die überall schon von ganzen Fußsohlen betreten sind, kein Quadratmillimeter ist mehr für mich übrig. Denn darum geht es: Eine unbetretene Stelle zu betreten. Nein, keine Himalaya-Kundfahrt, keine Wüstenexpedition. Hier, direkt in Rhodos müßte es sein, hic salta, in der Fußgängerstraße, beim Gemüsehändler, beim Spielwarengeschäft, im Hof, am Warmbrunner Weg oder in der Kastanienallee. Es müßte mich durchzucken, aber es durchzuckt mich nicht.

Soweit meine Jugend. Jetzt wo ich mich schwerer tue, habe ich meinen Irrtum erkannt. Ich steige um auf die nächste windschiefe Gerade, — das ist die richtige. Ich bin sicher, daß mein Körper noch nicht alle Bewegungen gemacht hat. Denn es muß eine geben, die in Fliegen übergeht. Keine Wendung wiederholen, sage ich mir, immer neue Sprünge, Drehungen, Radschläge. Irgendwo ist der Abflug, ich kreise über das Parkett, lande ovationensicher an den Stehplätzen, und die Sorge wird nur sein, ob mein Gedächtnis standhält. Jetzt abtreten vom Beruf, und auf die Wasserkuppe! Es ist ein ganz bescheidener Trick, vielleicht sogar lehrbar, aber man muß ihn ein paarmal finden. Immer üben, üben.

Hölderlin

In Fußgängertunnels denke ich: Hier ist neulich Hölderlin gegangen und hat die Auslagen betrachtet, Wäsche, Keramik, Bücher, ein Espresso. Er war außer sich, deshalb machte ihm die Zeit nichts. Diotima ist lange gestorben, aber er nicht, es schmerzt ihn.

Das sind die Eigenschaften von Fußgängertunnels, man taucht unter, alles taucht auf, die Flügel, die man einmal hatte, nur kurz, das Weiße im Auge, das sich gelb färbt, ein Stock für die notwendigen Schritte. Federigo, dein Griechenland ist auch dahin.

Diotima schreibt keine Briefe, eine taube Seele, sie hat recht. Du verzehrst dich, verzehre dich nicht! Einiges Gute bezeigen dir kann. Sie hat sich entschieden.

Durch Fußgängertunnels in die Auvergne. Truppenübungsplätze, Wacholder. Man denkt immer daran, ein kleiner Kreis von Leben, Leben kehrt nicht wieder, die Auslagen betrachtet man allein und hätte doch das Geld der Armut in der Tasche. Ein Spiegel, ein Leuchter? Die Farben sind dahin, nur das Gelbe bleibt.

Wenn der Neckar fließt, immer in Richtung Nürtingen, in Richtung Homburg, zu Büchern in den Regalen. Wir wollen Pindar lesen, hier hat sie über ein deutsches Wort gegrübelt, eine angestrengte Stirn und die Zunge schwer. Das liest sich in allen Auslagen ab, jetzt bemerkt man es erst. Man liest das Wachs, das von den Kerzen tropft und sich erhärtet. Ein Frisör ist in der Nähe und eine Bäckerei.

Schlüssel

In einem Kästchen hebe ich Schlüssel auf, ich weiß nicht, in welche Türen sie gehören. Aber für alle Fälle. Wenn ich es wissen will, muß ich sie wegwerfen. Ich werfe nichts weg.

In meinen Erinnerungen stehen alle Türen offen. Meine Erklärungen wehen ungehindert hindurch, was sie freilich auch durch Schlüssellöcher täten. Meist sind sie ungereimt und in freien Rhythmen, das mag mancher nicht. Reime prägen sich besser ein, aber in meinen Zimmern geht es so zu. Meine Frau versteht es.

Früher gab es Apfelbäume im Garten, noch früher Brennesseln, die man sammeln und zu Kleidern verarbeiten konnte. Sie mögen grüne Hemden, sagte unser Hausarzt, das ist gut für die Augen. Er hatte den Namen einer Stadt und immer unsern Hausschlüssel, manchmal brauchte ich nachts Pfefferminztee. Diese alten, geduldigen Zeiten!

Die Apfelbäume kannte ich namentlich, sie hielten länger als die Nesseln. Aber wenn ich an Masern und Mumps denke, ist auch das lange her. Mäuse in Papprollen gab es damals, die Ziegel waren körnig und verkauften sich schlecht. Ich litt an Ratlosigkeit.

Von überall her nehme ich Schlüssel mit, es macht mir nichts. Sie klirren gegeneinander, selbst im geschlossenen Kästchen, das ist ihr Unwille und ihre Zustimmung, es ist alles zugleich, das entspricht mir. Zu Weihnachten schmücke ich mit ihnen den Apfelbaum und wünsche ihnen ein gleich gutes Jahr.

Aktennotiz zum Quittenkäs

Er ist zwar von der Lehrerin, aber er schmilzt. Das tröstet über die Abschiede hinweg, sie sind vor der Ankunft. Quittenkäs aber hat seinen Platz, im Jahresablauf und im Einkauf der Seufzer, er ist abhängig nur von sich selber. Wenn sie durchaus wollen, müssen sich die Abschiede nach ihm richten.

Ich habe der Lehrerin Adieu gesagt. An einem Sonnabend abend fuhren drei Dampfwalzen über mich, das genügte fürs erste, jedenfalls fiel mir gleich der heilige Quittenkäs ein.

Adieu, adieu, adieu, ich komme erst nach neun wieder zu mir. Wie macht mans, woanders hinzukommen? Ausgezählt. Die Lichter sind abgelöscht, in meinem Verschlag knistert das Holz. Auch das Holz ist unzufrieden. Nur die Schminktöpfe bewahren ihre Ruhe, die Quittentöpfe, die kennen das alles.

Tirolisch

Der Hauptmann ist gewesen, Himbeergeist nur Neigen in den Flaschen, Petunien wissen nicht mehr, was sie verbergen sollen. Frühling, ja du bists, Mittelgebirgsterrasse mit Sektencharakter. Man überlegt, was man glauben darf, nur die Buddhisten erlauben alles, auch die Selbstverbrennung.

Die Feuerwehr wird sich meiner erinnern, wird auch mitgehen müssen. Ich ließ keine Rauchentwicklung aus.

Wir sind hier oft im Schnee verborgen. Sonst dichte Petunienkästen, man kann nicht hineinsehen, ein kurzer Sommer. Was fängt man mit kurzen Sommern und sich an, wenn es nicht brennt? Man starrt, starrt wieder, macht eine Pause. Und hagedornig, flambierte Mehlspeisen, Tarock.

Ich könnte jeden Selbstmörder rasch genug löschen, trage immer ein Taschenlöschgerät mit mir, mir entkämen die entschlossensten Mönche nicht. Jesus, erbarme dich der Seele des gewesenen Feuerwehrhauptmanns, dann der Name. Noch nicht ganz mit der Formulierung einig. Sei der Seele des gewesenen Feuerwehrhauptmanns Alois Kluibenschädl gnädig. Zuviel ä ä. Zuviel Alternative zwischen Blähungen und verräterischen Zaunpfählen. Dann Stallungen, Wohnhäuser, Mönche.

Man müßte den Pfarrer fragen. Aber vielleicht möchte der Pfarrer mich fragen. Erbarme dich der Seele des gewesenen, das ist es. Und Efeu ringsum. Oder Petunien, die wären schon da.

Vergeblicher Versuch über Bäume

Das Baranetz ist ein Schaf, das im Boden wurzelt, es frißt das Gras rund um seine Wurzel ab und geht dann ein. Es ist übrigens ein von Pelzjägern erfundenes Schaf, vielleicht als Beispiel nicht ganz authentisch. Aber Bäume haben insofern eine Ähnlichkeit damit, als sie von Holzhändlern erfunden sind. Ich brauchte fünfzig Jahre, bis ich es bemerkte. Eine Megalomanie also des Grases — ein Wort, das ich endlich anwenden kann? Mit zusätzlicher Verholzung, mit Gleichgewichtsstörung. Unter so hohem Gras, so hohen Holztieren, gehe ich nur mit Kopfschütteln herum, wobei ich Rapsfelder und Schalterhallen auslasse.

Oft stehen sie, die Bäume, in Gruppen zusammen, das ist bekannt, aber man wird hineingeboren, so daß man den Blick dafür verliert. Sie werfen auch weitere Erfindungen ab, Zapfen, Früchte, Äste, und wieviel mans auch erklärt, es wird nicht besser davon, auch vom Heizen und vom Essen nicht. Bleiben wir deshalb stark gegen alle Versuchungen und bei den Bäumen. Sie sind —, ja sie sind, aber wie ich höre, ist auch das nicht eindeutig. Sie haben Blätter, Nadeln, manche werden gelb, manche bleiben grün, aber soviel man auch erklären kann —. Ich wiederhole mich, alles ist eine vertrackte Wiederholung, hier werden Scheinfrüchte geworfen, dort schadhafte Embryos, die mit Eifer zu einem Ende streben, ihre Finanzen ordnen und Polizisten erfinden. Bleiben wir bei den Bäumen, bei denen man nicht bleiben kann.

Altern

Auf dem Löschblatt sind noch Briefe zu lesen, Scheckunterschriften, Liebe, Gedichtzeilen, alles gegen mich. Wer macht sich die Mühe, mein Feind zu sein? Ich werde es bald wissen, habe immer schon im Parterre gewohnt. Wenn ich zum Fenster hinausglotze und die ratlosen Okeaniden lachen über mich, männliche, weibliche und Hermaphroditen, ach ihr Sperlinge auf dem Feld, wüßtet ihr doch, was ich weiß. Aber ich sage es niemand.

Ich brauche kein Haus zu suchen. Vor meiner Wohnungstür beginnt die Treppe, die ich nicht betrete. Mit mir leben die Mäuse, die ich mit Informationen füttere, sie sind zart und gefräßig. Eines Tages werden sie in Heerscharen ausziehen und allen die große Zehe abnagen, die ich vergeblich geliebt habe. Das mußten sie mir versprechen. Mit einer Weihnachtsglocke gehe ich durchs Zimmer, damit ich nicht auf sie trete.

Immer wieder schaue ich das Löschblatt an, habe aber keinen Spiegel im Hause. Und weil ich weiß, was von Versprechungen zu halten ist, werde ich mir eines Tages eine Katze anschaffen. So abgeklärt bin ich.

Milch, Vitamine, Löschpapier, ich esse Löschpapier, aber ohne LSD, ich habe Reisen genug, ich falle ohne daß ich oben bin, ich kenne die ganze Welt, sie spielt sich im Parterre ab. Im Drugstore gibt es alles zu kaufen, mein Okeanos schwemmt es mir vor die Tür, Meerwasser in Milchgestalt, Vitamine.

Atlanten

Ich schenke dir meinen Kranichatlas, ich schenke dir tönende Haarwäsche, etwas Neues, du kannst jeden Hit darauf einstellen. Auf den Vogelstraßen kannst du reisen. Unser Ort ist nicht eingezeichnet, versuch es trotzdem!

Wir warten immer auf die Kraniche. Wir liegen zu hoch oder zu tief, auch gibt es zuviel Erdbeeren auf den Lichtungen und zuviel Eiswind aus den Höhlen. Das mag alles mitspielen, wir vermuten es. Aber wenn die Kraniche kämen, wäre es ein Zeichen, daß alles möglich ist, daß auch Walfische kommen, — ein Walfischatlas ist im Entstehen, ich bin subskribiert darauf, du bekommst ihn auch, wenn du schwimmen willst. Eine Antenne ergibt sich leicht aus dem Wasserstrahl, den du ausbläst. Und die Triasformation, die längst kartographiert ist, du kannst zu jeder Zeit kommen. Die Hits freilich wechseln.

Es ist nicht schwer, die Treppe hat sechzehn Stufen, ich habe es nachgezählt. Vielleicht verbirgst du dich unter der Dusche, bei der Haarwäsche zum Muttertag, wir verfallen immer auf das Fernliegende. Es genügt manchmal ein Grundriß, einige rechte Winkel, schon ist die Orientierung da. Links eine Pappel aus grüner Pappe, rechts eine Wildfütterung, auch Pappe, auch grün. Und Briefe sind nicht unbedingt rechteckig, sie können rund sein, wenn es gestattet ist. Auf runde Briefe warten wir auch.

Kraniche, Hits und Briefe, wir warten, es können Jahre hingehen, was sind schon Jahre! Sie haben ihre Zeiten, von denen mir der Winteranfang die liebste ist.

Ungünstig für Luftstraßen, aber günstig für unempfind-
liche Schwimmer. Eigentlich rechne ich mit der Triasformation, da ist es klimatisch günstig, da sind die Atlanten
längst ausgedruckt, da sind wir in unserm Glück.

Ein Nachwort von König Midas

Mit Eselsohren weiß man, was in der Welt vor sich geht. Ich trage eine wollene Mütze darüber, das schönohrige Gewimmel schaut schräg an mir vorbei. Ich weiß zum Beispiel, was von Apollon zu halten ist. Er hat Macht, das bewundern sie alle, und er sieht gut aus, so gibt es nichts, was er sich nicht erlauben könnte. Er könnte Schlachten verlieren, ja sogar die Weltgeschichte, — er würde seine Anhänger nicht los. Er kann auch so schlecht singen wie er will, alle sind von seinem harmonischen Gewinsel hingerissen. Und wers nicht ist, wird mit Eselsohren bestraft. Wenn die Machtverhältnisse anders verteilt wären, ich gäbe ihm keine Eselsohren, ich ließe ihn weiter unwissend über seinen schlechten Gesang. So bliebe er so bestraft, wie er es schon ist.

Doch möchte ichs überliefert wissen, daß mich die Verleihung der Eselsohren nicht überzeugt hat. Übrigens: Warum wurde ich zum Schiedsrichter bestellt? Hielten mich die Wettkämpfer für einen Esel oder für einen der Künste Kundigen? Darüber denke nach, o Nachwelt. Und nun laßt mich sagen, warum Apollons Gesang nicht gut ist. Nämlich: Er ist böse. Apollon singt so, daß die Welt so bleiben muß wie sie ist. Seine Harmonien lassen vergessen, wie viel auf Erden mißlungen ist, sagen wir bescheiden: Ein gutes Drittel. Und alles, was vollkommen schön ist, wie Apollon und Apollons Gesang, wiegt das Mißlungene nicht auf, sondern macht es ärger. Schon Apollons Zorn beweist mich. Seine Bosheit gehört zu seiner faden Harmonie. Seine göttliche Größe war so beschaffen, daß er, — von den Eselsohren für den

Schiedsrichter abgesehen —, dem Marsyas das Schicksal bereitete, das aus den Götter- und Heldensagen der Griechen bekannt ist. Freilich bebte die Welt, als das Lied des Marsyas erklang, freilich konnten vor diesen Tönen keine Hierarchien, nicht der Götter und nicht der Menschen, bestehen. Aber Apollon hatte den Wettkampf angenommen, genauer gesagt: Er hatte damit eine Gelegenheit gefunden, den Marsyas zu vernichten, er hatte nicht das Lied, aber die Macht.

Nun ist Marsyas tot, niemand mehr nimmt sich der Lahmen, Tauben und Blinden an, der Schwachsinnigen und der Eselsohrigen, – geschlagene Brüder, setzt die Liste der Genetive fort. Nun beten sie Apollons Harmonie an, die darin besteht, daß man alles wegläßt, was sie stören könnte. Da kommen sie an, die neun Musen des Stumpfsinns, — laßt mich meinen ohnmächtigen Zorn ausschreien — die Dichter und Dichterinnen mit ihren wohlriechenden Strophen, das ganze mit Namen und Ländereien belohnte Gezücht — ja, wenn man Messer und Stricke genug hat, ist alles in Harmonie.

Äquinoktium

Das Schweigen der Nacht ist verdächtig, auch das Schweigen unserer Katze. Warum sprechen sie nicht endlich, sie wissen doch verschiedenes.

Lügen haben kurze Beine und lange Ohren, dazwischen ist alles möglich, Schönheit und Gestalt. Die Wahrheit hat Akne und Furunkulose, das haben Lügen nicht.

Beinahe hätte die Nacht gesprochen. Aber natürlich erhob sich ein Wind, natürlich erhoben sich die Spätheimkehrer, es war ein Bemühen um Vokale und Konsonanten, es erhob sich die Furunkulose. Und wäre es deutsch gewesen?

Ebenso gut könnte der Tag sprechen. Er schneuzt sich in ein Papiertaschentuch, das ist praktischer. Er holt Milch ein, er schweigt auch. Und ein Kümmelbrot, das führt zu nichts. Was hätte er auch zu sagen? Immer nur das, was er weiß. Und er weiß, was wir wissen, kein Kümmelkorn mehr, weder auf ungarisch noch auf dänisch. Wir wollen nach Kopenhagen fahren, da erfahren wir, was uns bekannt ist. Und warum nicht gleich schweigen? Die Katze hat recht.

Milchläden in Kopenhagen, Papiertaschentücher, die kurzen Beine machen uns ratlos. Wir strecken uns, verlängern uns mit Gewalt. Der rötliche Schimmer im Schwarz unserer Katze überwältigt uns, wir erfahren für Augenblicke die Wahrheit. Sie hat kurze Beine und lange Ohren.

Ein Tibeter in meinem Büro

Preisgünstig

Die halbgeleerten Bierflaschen an der Baustelle sollten sie austrinken, die Verschlüsse sind schlecht, die Atmosphäre füllt sich mit Hopfen, die Flasche mit Nebel. Dahinter erhofft man Veränderungen, gehofft, gehopft, gesprungen, so weit kommt man bei guter Nebelsicht über die Sprache hinaus.

Sonnabend um zwölf proben die Sirenen. Die Hörer haben Nebel in den Ohren, nur Odysseus verzehrt sich vor Sehnsucht, guten Appetit. Alte Sonne da unten, alte Sonne. Vierzehn Tage Kreuzfahrt, alle Geburtsorte Homers.

Wie wenig paßt der Kopf in die Hände. Nichts schließt sich, eine Geste, die nicht vorgesehen ist. Komm, die Nachsaison. Jetzt nicht ins alte Leben fallen, kein Powidl, kein Rübensirup mehr, in ein Flugzeug steigen. Stewardessen sagen uns freundlich den Absturz an und servieren nach Wahl. Veränderungen ertragen sich mit Milchkaffee. Die Zuckerfrage wird nicht entschieden.

Und woher kommst Du? Ich war immer hier, aber ich gehe jetzt. Durchs Birnenspalier? Alte Holzbirnen, nein, mit der Eisenbahn. Das ist das sicherste. Auf einer Fensterscheibe, aller et retour. Gute Andacht, grüß alle.

Das lange Laster

Im Einmachglas ruhen die Siebenschläfer, eng beieinander, fünf oder sechs Siebenschläfer, man kann sie nicht zählen. Gut daß sie nicht aufwachen, sie beißen gern. So ist unser Haus, voller Überraschungen, ein langes Laster besuchte uns und blieb zwei Jahre auf der Küchenbank. Zu allem, was es erzählte, machte es topographische Zeichnungen, das gefiel uns, man versteht es besser und die Erzählungen dauern länger, bis zu zwei Jahren. Wir zeichnen jetzt auch alles, und wenn Besuch kommt, legen wir nur die Zeichnungen vor und bleiben taubstumm. Auch die Siebenschläfer sind topographisch festgelegt, es ist schon ein Atlas, selbst die Erdkrümmung ist berücksichtigt.

Der Keller der Siebenschläfer bleibt kühl, während es draußen schön und warm und Herbst ist. Solche klimatischen Details traue ich mich nicht mehr zu unterschlagen, seitdem der verspätete Vogelflug durch die Nachrichtenagenturen ging. Nur die Siebenschläfer bleiben unter uns, wir müßten sonst die topographischen Originale photokopieren, haben aber schon zuviel taubstumme Gespräche. Höchstens wenn ich allein durch den Wald gehe, benutze ich meine Stimme. Meine Herren, schreie ich, meine Damen und Herren — man hört es bis zur Reitschule, und die Hasen in den Schlingen heben noch einmal den Kopf. Bei uns ist jeder Fleck ausgenutzt, mit Brombeeren, Reit- und Hasenunterricht. Nichts Unnützes.

Das lange Laster — anderswo sagt man auch Elend — ist so verschwunden als wäre es nie dagewesen, eine eigens für uns erfundene Bilocation. Aber ein frucht-

bringendes Gespenst. Wir haben erfahren, wo wir schweigen und wo wir schreien müssen, es ist keine Sache der
Minute sondern der Topographie, das lernt man zufällig
oder spät. Die Siebenschläfer trappeln jetzt in der Wohnung über uns, ich glaube nicht, daß sie es uns hätten
beibringen können, sie haben Schlafprobleme, die sind
wieder ganz anders, natürlich auch wichtig, aber ganz
anders.

Wenig Reiselust

Bis zum Flugplatz wäre noch viel zu tun, Briefe, Spinnweben, Zuganschlüsse, — ich überlege noch. Die ausgebrannten Glühbirnen ließe ich gern zurück, aber dann hätte ich englische Vokabeln vor mir. Good morning, madam, — gleich geht alles zweidimensional vor, aus Blech gestanzte Figuren treten auf, grelles Blech, bemalt oder wie macht man das? Dafür ist keine Zeit mehr, a cup of tea please. Es wird eine Reise rundum, ein Karussell, das Pferd ist aus Blech gestanzt. Den Paß vergessen und das Geld nicht wechseln, weshalb sollte Blech nicht von sich aus bunt sein?

Der Berg steht schon einige Tage vor meinem Fenster, auch verdächtig zweidimensional. Die Geologie läßt einen zweifeln — zweidimensional kann man nicht reisen – ein kräftiger Anstoß genügt und wir leben in der Ebene, behalten die Spinnweben und lassen die Briefe ohne Antwort. In der Ebene braucht man nicht zu schreiben, da breitet sich ohnehin alles aus, die Nachrichten und die Hohlmaße, alles sehr wichtig, it is striking nine o'clock, es geht schon ganz gut, neun ist eine Zeit, da sehe ich am klarsten und den Pferden hinter die Kulisse.

Der Himmel bewölkt sich, die dritte Dimension zieht von Westen her auf. How are you? Pretty well, danke, der Blinddarm ist nicht mehr so flach, er rührt sich, ein gutes Zeichen. Auch kann man bei Regen Hut statt Schirm nehmen, hat for umbrella. Und regnen muß es, weil Feiertag ist, sonst wird der Winter nicht wie er soll, Gott weiß wie er soll, der Winter muß sich entscheiden. Ich auch, die Karussells fehlen heute, das würde es

erleichtern. Allerseelen, ein Lostag. Die schwarzen Kirch-
gänger keuchen bergan, den nächsten Weg werden sie getragen, that's fine. Ich bin fest entschlossen.

In Ansbach

In Ansbach entsproß August Graf von Platen Hallermünde, die Tulpe im deutschen Dichtergarten, übrigens in der Platenstraße. Und im Weinmond, am 24. Weinmond 1796, in römischen Ziffern, das macht das Ablesen eindringlich. In einer Parallelstraße entsproß Johann Peter Uz, von dem nicht berichtet wird, welche Blume er darstellt. Er ist auch zufällig in der Uzstraße entsprossen, es ist nicht angegeben in welchem Mond, Rot, Weiß oder Rosé, hoffentlich hat er alle drei getrunken. Auf der Büste im Schloßgarten sieht er lebensfroh in eine Zukunft, die bis 1796 vorhielt.

Die Uzstraße ist nach Hiob benannt, der in Uz entsproß. Mit Gottes Regiment nicht einverstanden, wurde er von Gott gesegnet und ist viel berühmter als sein Heimatort, daher die häufige Verwechslung mit Johann Peter. Man denkt in Ansbach daran, Uz zur Patenstadt zu machen, was kühn aber schwierig wäre, da Johann Peter noch nicht ausgegraben ist.

In Ansbach wurde einem Kriminalfall ein Denkmal gesetzt, okkult, in Stabreimen und lateinisch. Ein verjährtes Aktenzeichen Kaspar Hauser, ich hatte kein Wörterbuch mit, konnte auch nichts klären. Wieder eine von diesen Ungerechtigkeiten. Beim einen ist es klar, daß er die Tulpe ist, beim andern redet man sich auf Latein heraus und die Botanik wird nicht bemüht. Übrigens wird mir eben telefoniert, daß Uz die Fuchsie ist, zwar nicht im Dichter- aber im Schloßgarten. Deswegen die Plakette für Fuchs, den Erfinder dieser Pflanze, dortselbst.

So hängt alles viel enger zusammen als man denkt. Die großen Söhne Ansbachs, Platen, Hiob, Hauser, mit den weniger großen Töchtern, von denen Laura erwähnt sei, meine Freundin vor fünfzig Jahren, die es wie Uz mit Rot, Weiß und Rosé getrieben hat.

Jetzt habe ich den Ansbacher Bach vergessen, die Rezat, für den jährlich die Bachwoche stattfindet, Johann Sebastian Rezat. Damit bin ich so vollständig geworden, daß man sich bei genauer Lektüre den Faltprospekt sparen kann.

Verkehrsknoten gelöst

Im Morgengrauen vor dem Nürnberger Hauptbahnhof, noch erregt von den Abfahrtszeiten und wieder neue Erlebnisse, hinreißende kommunale Willkür, die Straßenbahnen im Nebel und schon bewegt mich ihre Linienführung, der ganze fremde Stadtplan, und die Lücken zwischen der Linie 5 und der Linie 23 füllen sich leicht, auch fährt zwischen zwölf und zwei kein Zug nach Lichtenfels, das ist aufregend. Ich will nicht nach Lichtenfels, ich fülle die Lücken mit Hasenbrot und mit dem Andenken an meine Großmutter. Fahrpläne, Dienststunden, Uhren, Tabellen, Statistiken, es ist eine Lust zu leben, Freunde, wenn man ein Gerüst hat.

Städtische Papierkörbe neben den Wartebänken. Die Leerung ist vorbei, nur eine Bananenschale am Grund und ein gelesener Brief, er kann nicht für mich sein, obwohl diese Art der Zustellung einleuchtend wäre. Auf der Bank stehend und durch die Zehenspitzen noch verlängert, lese ich: Werte Emilie. Meine Großmutter also. Eine Flut von Diskretion verschließt mir die weiteren Augen. Meine Großmutter bewahrte manches, was nur Fremde wissen dürfen. Sie muß eigens nach Nürnberg gefahren sein, um den entscheidenden Papierkorb zu finden. Was ich damit sagen will: Alles Institutionelle fügt sich harmonisch ineinander, es ist eine Linienführung darin, die einen etwa so ergreift wie auf Meßtischblättern die nicht eingezeichneten Bananenschalen. Ich habe Freunde, die das verstehen.

Ein Morgengrauen wie das Nürnbergische muß lange vorhalten. Wenn mich die Anfechtungen der Anarchie bedrängen, stehen mir doch ordentliche Erinnerungen bei und zutrauliche Papierkörbe, die fast zur Verwandtschaft gehören könnten. Hasenbrot ist bei uns immer vorrätig, und wer Depressionen erreichen will, müßte mindestens bis Lichtenfels fahren, und da ist das Umsteigen in Nürnberg therapeutisch so wirksam wie ein Elektro- oder Dieselschock.

Schöne Frühe

Föhnbegünstigte Aussicht bis zu den Latschennadel-
spitzen auf dem Ristfeuchthorn. Im Nachthemd stürze ich
gleich aus dem Fenster, um nach lebendgebärenden Pflanzen
Ausschau zu halten. Oder vielleicht Anhängern der Welt-
sprache Volapük zu begegnen. Zwei alte Wünsche, es wäre
praktisch, wenn sie sich gleichzeitig erfüllten, solange noch
der Mond scheint und kein Frühstück andere Maßstäbe setzt.
Lebendgebärende Pflanzen sind ein fruchtbares Ge-
sprächsthema für die nüchternen Frühjahrsabende. Vor-
läufer Zeus und Athene, beide keine Pflanzen und zeigen
doch, daß alle Möglichkeiten offenbleiben. Der Zusammenhang von Mond und Viviparen ist leicht einzusehen,
mir aber leider entfallen, mit allem Bislang und Freilich.
Nur ein Beispiel für die Rückseite des Mondes habe ich
gleich bei der Hand, den Sohn des Bürgermeisters von
Schneizlreuth. Man könnte ihn heute gut sehen, wären
nicht Wirtshäuser und das Ristfeuchthorn dazwischen.
Merkwürdig, alles war klar und jetzt hat mich die vor-
jährige Astronautik verwirrt. Kein Volapük weit und
breit und die Geburten finden zu andern Tageszeiten
statt. Mein soziologisches Studium verdampft im nassen
Gras, sieben Semester ohne Schneizlreuther Modell und
morgens barfuß, das geht einem nach. Wenigstens ist der
Weg nicht weit ins föhnbegünstigte Bett. Alles doch zu
früh, nichts ist entschieden und die besten Aussichten
bleiben folgenlos. Erst der Wecker gibt um sieben Antworten. Mit dem ersten Semmelbiß weiß ich, daß Zeus
sich die Wehen ersparte und gegen die Kopfschmerzen
Aspirin nahm, warum auch nicht. Guten Morgen, Athene.

Rückläufiges Wörterbuch

Gegrüßet seist du, Vera Holubetz, Vorbesitzerin meines Wörterbuchs. Ein Name in Sütterlin auf dem Vorsatzpapier. Deutsch-Sütterlin und Sütterlin-Deutsch, eine kleine Auflage. Birne heißt Kummer. Vera heißt Holubetz. So verschieden sind die Sprachen. Was Kummer heißt, will ich nicht wissen, Vera Kummer kenne ich nicht. Ich kenne auch Vera Holubetz nicht, habe keine Vermutung, will keine haben, auch keine Gewißheiten. Ich bleibe bei ihrem Gruß in Sütterlin. Sütterlin ist ein Ort in der Steiermark. In der Steiermark sollen die Bauern kahlköpfig sein. Sie essen Arsen, das macht lustig. Schnitterlieder erklingen, die Frauen rächen das Heu und das Heu hat es verdient. Und alle sprechen in Sütterlin, eine Arsensprache.

Gleich am Bücherkarren habe ich angefangen zu lesen, eine Trouvaille. Das Wörterbuch ist rückläufig, fängt bei Saba an und endet mit Negerjazz. Neuartig, noch dazu exotisch, viel Stoff für Illuminationen. Ich brauche kaum noch Licht.

Sovieles bewegt einen da. Nicht nur philologisch, auch rein menschlich. Warum hat Vera das Buch verkauft? Ist sie von Sütterlin abgekommen? Brauchte sie eine kleine Summe für Fruchtbonbons? Interessierte sich mehr für technisches Zeichnen? Oder stammt das Buch etwa aus einem Nachlaß?

Über diese Möglichkeit komme ich nicht hinweg. Irgendwie hatte ich doch an eine entscheidende Begegnung gedacht. Sollte sie schon auf dem Vorsatzpapier und gewesen sein? Man würde wieder einmal auf das ewige Leben verwiesen. Nun, ich neige meinen kahlen Kopf.

In eigener Sache

Die Erfindung der geriebenen Semmel, auch Semmel-brösel genannt, ist an mir verloren gegangen, science fiction ziehe ich vor. Der Übergang vom Essen zur Literatur ist eine Pubertät, ähnlich dem Mißtrauen gegen Adjektiva, der Wiedereinführung des Semikolons und dem Wechseln von den Chiffren des Vogelflugs zu Nagetieren und Dickhäutern.

Viele meiner Gedichte hätte ich mir sparen können, ich hätte jetzt ein Kapital, könnte so ungereimt leben wie ich wollte. Das ewig nachgestammelte Naturgeheimnis. Rotes Erlenholz und die gelbe Flechte am Pappelstamm, fleißig zermahlen von der Kaueinheit der Zeit, des Ortes und der Handlung. Beinahe, zufällig, peu à peu. Einmal genügt. Nachtigallen kann auf die Dauer nur ertragen, wer schwerhörig ist.

Das Grundmuster freilich bleibt: Die Ansicht von Gegenständen, nicht von Bewegung. Wie mangelhaft ist die Konstitution! Im Steiße meines Angesichts bemühe ich mich um Anfänge. Goethes Gespräche mit Necker-mann, das wärs. Anfänge zählen. Und Augenblick, nicht Zeit. Je mehr desto jewski.

Die Direktion der strugischen Abende hat mich eingeladen, wohin? Der Ort ist genannt, aber ich sehe eine neue Pubertät mit panierten Schnitzeln voraus. Ich werde zuhause bleiben. Statt Sekundärliteratur bin ich krank.

ta dip

Kurze Zeit noch — meine Uhr ist zu grob — kurze Zeit noch höre ich die Holzsandalen ta dip. Eine Minute nach zwei, grob gemessen, beginnt die Welt, die verändert werden muß, sich zu verändern, die Interpretationen sind auf Zettel ausgewandert, unauffindbar, ich hätte einen Pappkarton besorgen sollen. Ta dip denke ich ersatzweise, hong kong. Ich hatte alle Rätsel gelöst, die Formeln notiert, aber den Karton habe ich vergessen. Das ist der Spott der Biologie, sie ist immer da, nur Holzsandalen vertreiben sie für kurze Zeit, nicht meßbar auf meiner groben Uhr.

Ein Cancan breitet sich aus, aber ich bin kein guter Sänger. Das Geheul der Steinzeit hat nicht geendet, meine Scheiterhaufen knistern, die Zukunft reicht weit zurück. Im Hydepark singen die Stones, die können es besser, mit Schmetterlingen und vielleicht gut Freund mit der kichernden Biologie. Ich bin gut Freund mit Holzsandalen, jetzt sind sie fort.

Die verändert werden muß, die Welt muß. Wir verändern uns mit, das ergibt sich oder es strengt an, keine Ausreden. Preußisch programmiert, da fährt einem der Gesang als Arbeit in die Kehle und alle Muße ist durchwachsen. Mehr Talent fürs Depressive. Das Diesseits zieht sich zu Holzsandalen zusammen und das Jenseits gibt es nicht. Ta dip. Es lohnt sich zu warten.

Übergangsmantel

Mein alter Galitzin, gut erhalten, teilweise etwas stockfleckig, hat bessere Tage gesehen, aber auch bei mir ist es ganz schön.

Seine Leidenschaft ist es, mich vorzustellen, Freunden wie Unbekannten. Ich wähle einsame Wege, wenn ich mit ihm ausgehe, aber irgendwann sieht er doch jemanden, hält auf ihn zu und schmettert: Das ist der berühmte – und er nennt meinen Namen, obwohl ich unberühmt bin und ganz anders heiße. Häufig Personen, denen ich den ganzen Sommer oder den ganzen Winter mit Fleiß entgangen bin.

Lieber ist mir seine Neigung zu Kindergärten, zu Baumschulen, zum Pädagogischen überhaupt. In Abendgymnasien blüht er auf, seine Stockflecken treten vor Eifer stärker hervor, in fiskalischer Buchführung ist er nicht zu schlagen, und die Geschichte der datenverarbeitenden Industrie ist ihm angeboren. Gern trägt er junge Weißbuchen über verkehrsreiche Kreuzungen, wird deswegen freilich oft als sittlichkeitsverdächtig beschimpft. Dabei zählt er 120 Winter, von den Lenzen zu schweigen.

Sein Hang zur Arithmetik irritiert mich zu Zeiten. Eine Frage des Frühsommers und Frühwinters: Welche Zahl muß man von 7 abziehen, damit 10 herauskommt? Ich weiß schon, er will mich reizen. Er will in den Schrank zurück.

Weberknechte

Weberknechte balgen sich wie Katzen und schmecken süß wie die Nuß. So steht es gedruckt, und was gedruckt wird ist wahr. Ich schrecke vor Kannibalismus zurück, vielleicht fürchte ich für mich selber. Obwohl ich mir nicht vorstellen kann, daß jemandem das Wasser im Mund zusammenläuft, wenn er mich sieht.

Aber sonst habe ich Erfahrung mit Weberknechten, ich bin von ihnen abhängig, weil ich nicht weben kann. Ich hatte nicht weniger als fünfzig eingestellt. Bleiben Sie, sagte ich im Oktober, ich will ihnen gern den Lohn erhöhen. Sie schauen mich erheitert an, wippen auf ihren langen Beinen und kündigen, gerade zum Winter hin, wenn man wärmere Kleidung braucht. Die meisten sind über alle Berge, einige in der Garage zurückgeblieben, sie sind ohne Ehrgefühl, pensionieren bei voller Gesundheit und nutzen die Heizkörper aus. Neben mir verholzen die geduldigen Weberkarden und die Gesellschaft balgt sich in Schadenfreude. Nachts geht ein Summen durch die Garage, nicht die Waschmaschine, sondern das Spottlied meiner gewesenen Knechte

Alles für den Müßiggang,
nichts für den Betrieb.

Ein ganz ungereimter Text, auch die Melodie unmoralisch. Ich will nicht mehr abhängig sein, berechne gerade die Kosten für eine Produktionsumstellung. Auf synthetische Fasern, dann sollen sie sehen, wo sie mit ihren Geweben bleiben. Die werden sich wundern, die Balgerei wird ihnen vergehen, das ironische Wippen und sogar der Nußgeschmack. Faserknechte wird es nicht geben.

Fortgeschritten

Hello ruft der Chor der Landwirte, Farmer, Vieh-
züchter, Pflanzer, Quinteros, auch Sopranistinnen und
emeritierte Mägde wirken mit. Hier, antworte ich, meine
Stimme kommt mir erhöht vor und ich denke beklommen
an die notwendige Erniedrigung. Es handelt sich um einen
Diättraum mit Kriminaleinschlag. Ich versuche, den Verdacht abzulenken, und zeige auf ein Geflügel mittlerer
Größe, das in der Pfanne brät, Truthahn oder Gans. Wegen Erkältung des Delinquenten wird die Hinrichtung
verschoben und hier verlasse ich mein schlechtes Gewissen und gehe allein weiter.

Landwirte gibt es wirklich, aber lieber möchte ich
Landgast sein, wenn auch ungern. Meine Vorstellung
von Wirklichkeit sind warme Pölser nachts um halb eins,
und daran gemessen bleibt schließlich alles irreal, die Lin-
denblüte wie die Einkommensteuer. Natürlich gibt es
auch Sopranistinnen, Sopranisten vielleicht nicht, die
interessieren mich auch nicht, — alles bloß Ableitungen,
Vorstellungen zweiten Grades. Nein, ich erwarte Träume,
in denen endlich etwas Neues auftaucht. Ich bin neugierig
auf das Gerinke und die Aaben, auf Jusch, Stapp und
Zarall, auf die Radine und das Raux. Ich glaube nicht,
daß es Tiere oder Pflanzen sind oder Mineralien, eher
Abstrakta, tauchen vielleicht auf, wenn wir die Zeit sehen
können. Ich wäre auch zufrieden, wenn endlich Flach-
müller und Heidespäne vorkämen, das wäre in Richtung
auf die warmen Pölser schon ein Fortschritt.

Telefonisch

Ein kalter Draht zum vierten Schuljahr, niemand antwortet, der man sein könnte, man muß sein Leben erfinden. Baumlange Kerls überall und wenn man hinsieht, ist es ein Wald. Da lohnt sich eben noch ein Schluckauf, aber man hat Mumps und bittere Mandeln. Und was sind Messerschnitt und Vergiftungen wert? Alles nur Bühnendolche, eine Knollenblättertrilogie, ein wilhelminischer Doppelmörder. (Er galt als begabt, verschrieb sich aber der Natur und wurde Wunderschäfer im Lippischen, heilte mit Spucke). Und andere Beispiele.

So vergeht die Zeit, wenn auch die Spucke geblieben ist. Hinter den offenen Fenstern zeigen sich die Sprichwörter und alles hat auch sein Gegenteil. Man sucht nach Gewißheit, fährt eigens nach Heisterbach, aber auch da ist die Zeit nicht. Manchmal (aus dem kalten Draht) spricht es einen an, glaubt man jedenfalls, aber es ist zugleich ein Rauschen in der Leitung. Man fragt wie bitte und notiert sich dann, daß Heimbuchen unwiderleglich sind, wenn auch verhältnismäßig selten. Oder man soll zwischen den heißen Küchentöpfen nach dem Herdbuch suchen, – ein Herdbuch für jeden Herd, das ist zuviel, da zieht man sich auf seinen Mumps zurück und auf die wilhelminische Dramaturgie (die Geschichte eine moralische Anstalt).

Unsere Aufsatzhefte lagen unten im Stoß, werden aber noch von teutoburgischen Schäfern als Orakel benutzt. Ober dem Dache sas die Kaze und schaute zu. Vorläufig ungenügend. Aber man wartet auf den kalten Draht, hartnäckig, während die Revolutionäre Speck ansetzen.

Feste

Wir resignieren nicht, wir übersehen, alles und von oben. Allein unsere Waldlichtungen und Bestseller, dagegen kommen Kliniken nicht an. Heiterkeit ergreift uns, güldene, bei dem Gedanken, daß die H-Bombe nicht fällt, noch und schon sind wir da, gottvoll und gelungen, und überstehen jede Wahl. Diese fröhlichen Bonbongeschäfte, der Glanz aus Weihnachtsaugen, ist das alles nichts? Es muß einmal gesagt werden.

Und dann die Schönheit, die doch den Menschen ergreift. Ein edles Menschen-, ein edles Pferdegesicht. Was die Häßlichen tun, ist weniger interessant, die müssen sich eben mehr anstrengen. Und was tun die Ratten? Mein Gott, mein Gott, wie hast du sie verlassen! Sie haben es aber auch verdient. Dies alles nur in Parenthese, zu Hauptsätzen habe ich kaum Zeit, nur für Ausrufzeichen. Diese fröhlichen Forellen, blau und gebacken!

Die Psychiatrie ist abgelegen, aber nicht einmal umzäunt. Ein psychedelischer Ball vereinigt Ärzte, Pfleger und Krankenmaterial, jedes Jahr ein voller Erfolg, mal was andres. Keine Frage, die heilige Krankheit sabbert, aber deswegen müssen wir nicht alle sabbern. Da setzen wir die Akzente falsch. Ach ihr Lieben, bleibt gesund, das gehört sich. Für die Sonnenuntergänge bringen wir das Sofa an die Haustür, es lohnt. Dieser fröhliche Ausfuhrüberschuß! Er läßt uns ahnen, daß die Welt heil ist.

Wir feiern die Feste wie wir fallen. Gitarren, Bleche, Halseisen, überhaupt die metallverarbeitende Industrie. Weißes, Grünes, Infrarotes in Einmachgläsern etabliert, alles ideologieverdächtig. Kerzen haben etwas Worpswe-

disches, zu feucht im Landstrich. Wir brennen lieber Lö-
cher in den Teppich, das hebt das Viereckige. Diese fröhlichen Katasterämter! Auf Philemon und Baucis können
wir pochen und auf 51 Prozent positiv.

Zaubersprüche

Weil — hier stocke ich schon, immer gibt es Begründungen. Weil die Bilder schief hängen, nein, ich setze den Satz nicht fort. Weil ich dann und dann geboren bin. Wirklich, die Hauptsätze kann man weglassen, sie gehen nicht weit, gehen nicht einmal nahe.

Die Tulpen drehen sich zur Wand, vielleicht nur zu dieser Wand, nur diese Tulpen, es ist ungewöhnlich. Weil die Bilder schief hängen, aber so bleibt alles im Zusammenhang, man fühlt sich geordnet, Bein zu Bein, wir kommen alle von Merseburg her.

Auch der Rabe im Schloßhof, später auch andere Städte, Wessobrunn, was freilich ein Dorf ist. Der Rabe stahl und ein Diener wurde hingerichtet, ein Zufall, ein Zusammenhang. Man sieht auch nicht ein, warum spätere Raben dafür büßen, aber es ist üblich.

Jetzt ist es Mittag, weil es läutet, weil die Sonne am höchsten steht, all diese Verabredungen. Es ist gut, daß es Mittag ist, so sind wir endlich im Nachmittag. Die Schule ist aus und man kann eine Hafersuppe essen, wenn man will zwei Teller voll. An andern Orten andere Suppen, irgendwo sogar junge Raben, sie sollen Fasanen ähnlich sein.

Inzwischen reiten Thor und Wotan zu Holze, bei jedem Wetter, aus allen Wohnungen. Sie lassen die Tulpen an der Wand, die Bilder schief, es renkt sich alles ein wie der Fuß ihres Pferdes. Wir bleiben zurück, treten höchstens vor die Haustür, und horchen auf ein Geläut, auf garnichts, es ergibt sich einfach, weil wir dann und wann geboren sind.

Zeilen an Huchel

Am dritten April habe ich nichts vor als Nebelkrähen, Neuntöter und Petroleum aus dem Kaufhaus. Das ist schon genug, mein Gedächtnis ist schwach, ich muß es mir aufschreiben oder ein Wort bilden wie Neneupe, es klingt nach einer Muse, klingt griechisch. Wenn ich andere Dinge vorhätte, ergäbe sich eine aztekische Gottheit, so dumm ist mein Gedächtnis, die Ethnographie schwirrt durcheinander mit gestutzten Nebelflügeln.

Es wäre besser, ich hätte Unken vor, aber es hat sich so ergeben. Unken sind ein Leitmotiv, sie läuten, Petroleum ist zufällig. Das kommt daher, daß ich keine Ordnung in meine Zukunft bringe, alles fliegt in meinen Vormittagsrausch, ich verschlinge es, bin nicht kiesätig, das war früher. Ich weiß nicht, wie es bei dir ist. Ich esse jetzt sogar Spinat, aber lieber nicht durchgedreht.

Ein verlängerter Winter, das ist hier immer so, ein verlängerter Eisgenuß. Die Neuntöter bauen noch nicht, mit den Dachlawinen fliegen die Ziegel vors Haus, ich sammle für ein anderes, werde aber nicht weit genug kommen, es liegt alles zu nahe. Sonst gibt es nichts Neues, nur Datum und Jahreszahl. Ich glaube, der Schnee bleibt liegen.

Peter Posthorn

Wenn man an eine Ausnahme denkt, fällt einem die andere ein. Die Seepferde sind ein Entwurf, Peter Posthorn ist ein Entwurf. Peter Posthorn muß wie Quecksilberkugeln gewesen sein. Das Quecksilber kennt man noch, Peter Posthorns Andenken ist verschollen. Es gab ihn nicht, aber was müssen das für Zeiten gewesen sein, als es ihn nicht gab. Ein Kollege, lebte zwischen den Zeilen.

Wenn im Kindergarten eine Pause ist, ruft eins: Peter Posthorn soll kommen. Ja, rufen alle, ruf Peter Posthorn. Er ist es, der Spiele erfinden könnte, Splitter aus der Hand ziehen, Geometriearbeiten schreiben. Aber immer tun es andere, das ist sein Beruf. Er weiß alles, er kann alles so wie es sein müßte. Die andern, die es tun, müssen sich plagen. Er ist der Meister Irrealis, hats gut, ist mit Recht vergessen.

Meine Kinder kennen ihn nicht mehr. Aber neulich, als mein kleiner Sohn erschöpft aufs Bett gesunken war und ich ihm die Schuhe ausziehen wollte, murmelte er im Einschlafen: Peter Posthorn solls machen. Da war er noch einmal, eine späte Visite, Peter Posthorn, die Quecksilberkugeln, der Entwurf. Oder ist er dabei, neu erfunden zu werden? Das Schlafgelächter meines Sohnes spricht dafür. Aber die Ausnahmen bestätigen die Ausnahmen, das ist das Sicherste, was man von ihnen sagen kann.

Lauren

Wenn es Laura nicht gibt, so gibt es doch ihren Namen. Sie hat kleine, von Locken verdeckte Ohren, das kann man mit Sicherheit sagen. Schon die Haarfarbe ist ungewiß, aber Rot wäre eine Überraschung. Die Literatur über Laura ist geringer als über Wilhelm Tell. Schade, ich könnte besser mit Laura reden als mit Petrarca, der alles noch einmal sagen wollte, nur schöner. Ein falsches Kunstprinzip, aber wir wollen es auch. Was sagte Eva, was sagte Bathseba, was sagte Noah, als er seine Freunde im Regen zurückließ? Niemand weiß es, aber wir wollen es endlich sagen. Niemand kennt Laura, wir wollen sie endlich erfinden. Sie spielt Klavier. Weil ihr Innenleben nach Ausdruck drängt, wahrscheinlich zu laut. Ihr Auge hält einen Punkt fest jenseits aller Klaviere, — jetzt wissen wir schon einiges. Ich wage zu sagen, daß sie eine Hauptmannswitwe ist. Jung, aber eine durch Leid gereifte Frau. Jetzt wissen wir wieder mehr. Aber schöner. Laura wird immer schöner. Ein Schönheitspflästerchen, ein Blumenhals, eine Wespentaille. Sie tritt sofort ins Leben und spielt Klavier. Umschwärmt von Anbetern verzehrt sie die karge Witwenpension. Francesco und Friedrich sind ihre Favoriten. Francesco bleibt, Friedrich wendet sich später einer Caroline und einer Charlotte zu. Sie leidet und überlebt beide. Gestorben 1899 im Tropeninstitut der Universität Tübingen. Wenn wir ihren Tod wissen, wissen wir alles. Den Tod, meinen Principal, sagt Friedrich, großmächtigster Zar alles Fleisches.

Maison des foux

Die Kreideschrift auf dem Fußgängersteig La maison des foux Martine. Eine andere Farbe, ein anderer Erdteil. Um drei Ecken ein Spitalseingang, nahebei ein vietnamesisches Restaurant, hinter der Inschrift das abblätternde Maison. Martine die Zeugin in Blockbuchstaben, Fragen, die sich zur Not mit Bougainville beantworten ließen, aber kein werkimmanentes Ringsum, die Stadt ist weit, die Inschrift verregnet, ich habe sie mitgenommen, einen Refrain.

Ich bin der Mann, der in die Einsamkeit ging und das Telefon erfand. Edison war zuhause geblieben. Auf jeden Inder kommen zehn Ratten, die Schwermut sucht sich ein Thema, sie ist nicht ernst zu nehmen, die Inder vermehren sich zu schnell. Wir wollen uns aufopfern, das ergibt eine Fernsehsendung. La Maison des foux Martine.

Ein spätes Licht, trübe Tassen, wie ich sie vorziehe. Verbringe stets dein Leben in voller Hormonie, in Poesiealben steht schon alles, durcheinander wie meine Gedanken, die sich doch auf das Motto für eine Schülerzeitung vereinigen sollten. Schräge Schatten, schräge Kondensstreifen, die Schönheit der Apparate wird einsichtig, die das Leben hörbar machen. Ich lebe mit einem Führerschein zusammen, grobohrig, ohne Versuchungen, aber mich hat noch jeder Schall erreicht, spätestens als Echo, dafür drei- oder vierfach. Die Schüsse der Kastanien, die Schüsse der Äpfel, in meinen Ohren wird die Schlacht nicht entschieden.

Nach Mitternacht kommen die libanesischen Kaufleute, die sich lohnen, zu dick, aber manche sehen aus, als würden sie nie sterben. Giorgio mit der Pfeife im grünen Sessel, mein Café ist geräumig, ich lasse alle ein. Haschisch sucht sich sein Thema. Ein Vers gerät in die Wasserspülung. Wenn nicht hier, so doch anderswo graut mir der Morgen. La maison des foux Martine.

Dünn

Dünn bin ich jetzt, daß man mich als Segel benutzen könnte. Aber ich empfehle es nicht, der Weg vom Unterbewußten zur Oberfläche ist so kurz geworden, daß Entscheidungen wohl nicht windgerecht wären. Dinge, mit denen ich mich im Nabel befaßte, kommen mir auf die Lippen oder in die Fingernägel. Keltische Fluchtburgen, ein jahrzehntelang verdächtig verborgenes Thema, versuchen sich zu sublimieren, was sich bei entsprechender Windstärke atlantisch auswirken könnte. Auch baskische Sonette drängen zur Form, — irgendetwas mit Geografie ist immer dabei, es könnte ein archetypisches vierzehnzeiliges Atlantis mitspielen. Ich weiß nichts über baskische Sonette, vielleicht sind sie fünfzehnzeilig oder es gibt sie nicht, was es nicht gibt, bevorzugt man ohnehin. Keltische Fluchtburgen gibt es, meine sehr liebe Freundin Dodi erkennt sie mit freiem Auge in passenden Mittelgebirgen.

Manchmal durchkreuzen sich die Themen, tönerne Fluchtburgen und kelternde Basken, wenn ich mich beschränken will und die Stichwörter zwischen Allah und Nierenstein weglasse. Manches wird in der Mischung wirklicher, mindestens möglicher, vielleicht das eigentlich gemeinte. Allah kommt auch bis auf die Außenhaut, und ich versuche ein Gespräch mit meinem Nierenstein, ich habe viel zu besprechen. Schweigt er nur oder gibt es ihn nicht? Oder hat er eine andere Ausdrucksform? Das könnte ihn, sei er Allah sei er Nierenstein, nicht völlig entschuldigen.

So segelt der Dünne über ein Meer von Fragen. Die windigen Antworten der Soziologie lassen die Ohren abstehen. Es geht zwar vorwärts aber nicht mehr lange. Seit kurzem nehme ich wieder zu. Das wird Vokabeln und Weltanschauung sehr ändern.

Baumwolle

Baumwolle wird nicht nur getragen, sie wächst auch. Ich habe es selbst gesehen und hatte eine Hose, die ich jeden Monat um einige Zentimeter kürzen mußte. Hier waren die Alternativen sichtbar vereint. Das kommt jetzt nicht mehr vor, die Bekleidungsindustrie hat die Mittel gefunden, Subventionen auf die Käufer abzuwälzen.

Die Sexualvariante der Baumwolle muß von jedermann selbst erfunden werden. Eine gründliche Meditation darüber, am besten auf dem Kopf stehend und bei eingezogenem Nabel, klärt auch die soziologischen Bezüge. Überrascht erfährt man, daß Wirtschaft Blödsinn ist, was man eigentlich schon geahnt hat, aber doch nicht wahrhaben wollte, weil man selber mitten im Wirtschaftsleben steht, mit beiden Beinen oder auf dem Kopf. Baumwollust hat einen als angenehm empfundenen dämpfenden Einfluß auf den Stoffwechsel, wird auch von Diabetikern gut vertragen, muß aber auf die täglichen Broteinheiten angerechnet werden, sieben bis acht.

Die Deformierung der Welt in zwei Machtblöcke ist auf die Baumwolle nicht ohne Einfluß geblieben. Die östliche ist besser als die westliche, die westliche besser als die östliche. Im Zweifelsfall greift man auf Kunststoff zurück. Kalte Füße sind vernünftiger als sich mit jemand anzulegen. Man kann allgemein sagen, daß kalte Füße der Sitz der Vernunft sind. Meine Großmutter väterlicherseits hatte in ihren gereimten Lebensrezepten schon folgendes: Kopf warm und Füße kalt, das macht den besten Doktor alt.

Nicht entscheiden kann ich die oft gehörte Frage, ob Baumwolle positiv oder negativ sei. Da sich die Sprache gelegentlich das Positive erschleicht, kann realiter auch die Nichtbaumwolle positiv sein. Hier müssen Strukturalisten, Politiker, Bibelforscher und Futurologen im Teamwork nach Ergebnissen suchen. Man kann so brennende Fragen nicht auf die lange Bank schieben, die sich dann als zu kurz herausstellt und womöglich Feuer fängt.

Ländliche Entwicklung

Die Bauern kaufen die Milch im Laden, warum nicht schon immer, die Ställe kann man als Atelier vermieten, der Dunst der Bildhauer zieht schnell heraus. Kühe und Postkutschen, alles Tiere des Biedermeier. Kernige Austragbauern hocken in der Sonne und halten für die Mikrophone des öffentlichen Rechts Erinnerungen bereit, knallhart und wehmütig. Eine Wiederkäuer-Folklore bildet sich heraus, Gebietswettkämpfe in Blindekuh, Melkerlieder und -liederinnen.

Wir selber haben gleich modern angefangen, hatten zuerst eine Schönheitsfarm, die hauptsächlich mit Eidotter arbeitete, behielten aber immer zuviel Eiweiß übrig, sodaß der Betrieb unrentabel wurde. Jetzt ist uns klar geworden, daß hier eine Blues Band fehlt. Wir sind alle Schlagzeuger, das ist ein eigener Effekt, dazu das tragende Krächzen unseres früheren Möhrenmixers, der als Möhrenmixer schwer eine auskömmliche Position findet, auch in der Farm hatte er zusätzlich das Eieraufschlagen übernehmen müssen. Ein Name für die Band fehlt noch. The wind eggs? Cow entertainers? Northern bee? Gleichviel, wir beginnen die entscheidenden siebziger Jahre in guter Kondition, die Zukunft liegt da wo sie hingehört, vor uns.

Alpinismus

Unser Land (our country) wird durch Berge gerechtfertigt. Obwohl sie ein Unfug sind. Tausend Meter von der Talsohle, was ist das schon. Eine Viertelstunde zu Fuß, die zweite Dimension gibt die richtigen Maßstäbe, in die Höhe ist alles unordentlich. Man steigt hinauf, immer in der Direttissima, um zu sehen, was da verborgen ist. Ein raffiniertes Versteck.

Eine Zeitlang bevorzugte ich den Tristkopf, wegen des Namens. Eine melierte Aussicht, das Dach der neuen Strumpffabrik, farbloses Edelweiß und Kreuzotterzischen. Ist eins davon entscheidend oder alles zusammen? Man begreift es nicht. Auch durch das Fernglas werden nur andere Alpinisten auf anderen Zacken enthüllt. Sie sind besser gestellt, sie sehen auch den Tristkopf.

Zum Bergsteigen gehört eine Beimischung von muskulösem Stumpfsinn, die mir zum Glück eigen ist. Teilen wir den andern das Panorama zu. Hier oben hat man reine Gedanken. Die wichtigen entstehen im Tal und in der Ebene, womöglich bei schlechten Winden. Hier raucht man ohne Reue, keine Tapeten, die den Geruch halten. Man kann sich beliebig an San Francisco oder Lemberg erinnern und die Aussicht einfach weglassen, — man hat jede Freiheit. Ja, auf den Bergen wohnt sie, aber niemand bleibt oben, das ist der Fehler, wir sind alle heruntergekommen.

Talsperre

Stößt man die Fensterläden auf, — es gibt hier Folklore mit Koksheizung und Läden nach außen — haut es einem gleich das Eiweiß des ganzen Tages fladenweise in die Stoppeln. Ein Urlaubstag wie man ihn gern bezahlt, wenn das Wetter so gratis ist, jetzt kein Gewerbeaufsichtsamt und kein Nahost, da müßte schon Opa sterben, bevor wir uns die drei Wochen vermiesen lassen. Opa stirbt nicht, wenn wir Urlaub machen, auch nicht am Wochenende.

Den Wagen haben wir gut untergestellt, der Lack kann nicht springen, man schaltet ganz ab. Überall Pappkameraden, heißen Matterhorn, Zugspitze, Großglockner, stehen vor allen Fenstern, zeigen Schnee her aber ganz unverbindlich, ohne jede Forderung, nur majestätisch. Wir stören sie nicht, haben genug mit unsern Ansichtskarten zu tun. Die Adressen sind geschrieben, die Marken sind drauf, den Text schieben wir bis zum letzten Tag vor uns her, haben uns aber auf den verbilligten Tarif eingerichtet. In fünf Wörtern kann man viel sagen, fast zu viel, man überschätzt sich oft.

Hier ist es so billig, weil alle denken, die Talsperre bricht ein. Ist aber bisher nicht, dazu müßte es viel mehr regnen und es regnet nicht. Und wir haben den schnellen Wagen, so schnell kann die Mauer garnicht. Auf jeden Fall erst nach uns.

Butter und Rum sind hier billiger, wir bringen allerhand mit, auch Hasch für Opa und einen sehr schönen BH in Schockfarben. Unter der Talsperre macht das Einkaufen viel mehr Spaß. Wir könnten hier ein Sommerhaus kaufen, sehr preiswert und man würde ja auch entschädigt. Überlegen noch.

für William Shakespeare
und eine Verszeile
auf dem englischen Friedhof
in Zermatt

Pe

Wir wohnen nur in Orten, die mit P anfangen. Das ist ein Gesichtspunkt. Für mich kommt hinzu, daß genügend Elefanten ansässig sein müssen, Elefanten sind mir lebenswichtig. Meistens kann ich mich mit meiner Familie darüber einigen. Jeder hat Spezialwünsche, Ostwind, Geschichte, aufgelassene Universitäten, und schließlich bleibt nur Paderborn übrig. Dort waren wir noch nie, es soll überfüllt sein mit Leuten, die nur in P wohnen wollen. Der Wunsch ist allgemein, sonst wäre auch Paderborn viel kleiner. Nicht nur allgemein, auch berechtigt. P ist ein labialer Verschlußlaut, der seinesgleichen sucht und nie gefunden hat. Ich wäre geneigt, ihn einen Explosivlaut zu nennen, aber das ist falsch und anarchieverdächtig.

P als Abkürzung bedeutet, auf den statistischen Zählkarten in Irrenhäusern, potator, Säufer. Man könnte auch S schreiben, aber das ist nicht so schön. Außerdem wüßte der Delinquent gleich über sich Bescheid, wenn er S läse. Lateinisch hingegen kann er ja nicht. Potator, das ist für mich auch der Zusammenhang mit den Elefanten, die unsinnigerweise mit E anfangen. Daß sie mit E anfangen, ist bekannt und bedeutet im Grunde genommen nichts.

PP bedeutet pianissimo, was auch als Anrede gebraucht wird, als besonders ehrfürchtige Anrede wie serenissimo. Das hat ein S, immer diese lästige S-Konkurrenz. Die Kleinen haben recht, wenn sie sich mit dem S schwer tun. Wir sind ganz auf P eingestellt.

Neulich wollten wir umziehen, nach Paris, die Möbel waren schon unterwegs, als wir erfuhren, daß es nicht Paris selbst, sondern ein Vorort mit A war. Ein Kurzschluß in der Vermittlung, wir sind gleich wieder umgekehrt und haben den Expreß nach Passau genommen. Nun sitzen wir an der Ilz mit I und und an der Donau mit D und mir fehlen meine Elefanten. Wir suchen nach Ausgleich. Auch die Seine immerhin fängt mit dem verhaßten S an. Aber die vielen Is in Passau machen einen doch nervös.

Verwandtschaft

Mein Vetter François der erste, einsachtundneunzig groß, war Diktator eines mittelamerikanischen Zwergstaates. Anstatt seine Ersparnisse aus Steuereinnahmen auf eine Schweizer Bank zu transferieren, — ich wäre sein nächster Erbe gewesen und hoffte auf eine baldige Revolution — versuchte er, Geld in Zeit zu wechseln und flog fast ununterbrochen west-östlich, bei jeder Rundfahrt ein Tag gespart. Die entscheidende Strecke liegt zwischen Tokyo und Honolulu. Wenn man vormittags um zehn in Japan abfliegt, ist man um 23 Uhr des vorhergehenden Tages auf Hawai. So hoffte er, Zeit für seine Regierungsarbeit zu gewinnen. Tiefbefriedigt nahm er jeweils ein kleines Souper im Flughafenrestaurant und die nächste Maschine nach San Francisco. Soviel ich weiß, ist François immer noch unterwegs und hat schon vierzehn Tage herausgewirtschaftet. Zuhause in Mittelamerika ist inzwischen ein anderer an die Macht gekommen, der eine Schweizer Bank benutzt und leider nicht mit mir verwandt ist.

Die letzte Karte von François aus Honolulu zeigt den Palmenstrand und folgenden Gruß: Mein alter Erbschleicher, ich widerrufe nichts, du bleibst immer im Recht. Werfe dir demnächst, wenn ich Europa überquere, ein Päckchen von diesem feinen Sand ab. Fülle ihn in eine Sanduhr, sie wird nicht stehenbleiben, falls du sie fleißig umdrehst. Ich arbeite für dich. Wenn du dich eines fernen Tages zur Ruhe legst, hast du zwei Wochen Verspätung. Sei mir dankbar, sie sind von mir. Dein weiland Vetter François.

Ab und zu schaue ich hoch nach den Kondensstreifen. Alter Erblasser, denke ich grimmig und ahne nicht, ob die zwei Wochen schon begonnen haben. Aber jetzt ist er in der dritten. Der Nachfolger seines Nachfolgers überweist gerade die ersten hunderttausend nach Zürich. Wir sind auch nicht verwandt.

Schlüsselfigur

Faul aber braun, man kann nur in Brieftelegrammen von ihr sprechen. Ich sehe sie immer die Straße des 19. Septembers hinuntergehen, bis zur Brücke, hinüber geht sie nicht. Die walachische Frau, trägt ihren geborgten Pelz und nichts darunter, in dem Märchen nachzulesen, zu faul sich einen Hemdenstoff zu spinnen. Warum heißt es 19. September? Ich gehe aufs Postamt um meine Brieftelegramme aufzugeben, in umgekehrter Richtung sehe ich sie nie, sie bleibt wohl unten an der Brücke und es ist jeden Tag eine andere. Ich muß bis zum 19. September bleiben, um dem Datum auf die Spur zu kommen, sie sammeln sich unten an der Brücke, walachische Frauen, Pelz und nichts darunter, faul und braun, und ich gebe bis zum 19. September meine Brieftelegramme auf. Der Adressat kennt den Schlüssel, aber die Frau, die ich erfunden habe, gibt es jeden Tag, vor dem Postamt bricht mir der Schweiß aus und ich fürchte, die Telegramme zu weit zu treiben. Den Schlüssel ändern, die Haut unter dem Pelz berühren? Mittel gibt es genug, aber ich würde die Walachische vermissen, die Straße hinunter zur Brücke, zum 19. September. Sie hat mich eingeholt, ist mir schon eine Wirklichkeit voraus.

Sternzeichner

Das ist ein wun der ba rer Stern. Acht Striche, seit sechzig Jahren übe ich. Keine krummen Linien, keine Schleifen, alle Spitzen auf einem Kreis, aus der freien Hand. Ein wunderbarer Stern, mir gelingt er nicht, soviel ich auch übe. Eine Lebensaufgabe und ich weiß nicht, wie eilig sie ist. Soll man tun, was man kann, soll man tun, was man nicht kann?

Wirklich, Sterne sind eckig, haben Zacken, man braucht sie nur anzusehen. Sie ähneln meinen Versuchen mehr als dem wunderbaren. Nur der Vollmond ist à peu près, aber was nützt es? Unter seufzenden Himmeln gehe ich gefühllos hin, mir wurde die Schönheit der Abstraktion aufgegeben, acht Striche und immer noch zuviel.

Ich wollte es im ersten Anlauf schaffen, ergriffen von Zettel und Bleistift bis in den Schlaf, während im Spirituslicht noch die Großmutter Brot kaute und die Wanzenritzen verstrich. Das ist ein wunderbarer Stern, das kleine und das große Einmaleins kommen dazwischen, verkrümmen die Linien, französische Vokabeln bilden Schleifen aus, Entschuldigungen sammeln sich an, der Stern verliert Eifer und Schönheit, man soll tun was man nicht kann, die Kritzelei von Anginatagen bringts an den gesunden Tag, im ganzen bleibt ein Halskratzen übrig.

Mein wunderbarer, mein kläglicher Stern zwischen Metropol und Weltkino und über dem Denkmal des Wassertrinkers. Das ist meine astronomische Schätzung. Achteckig, keine krummen Linien, keine Schleifen, alle Spitzen auf einem Kreis und aus der freien Hand.

Ein Tibeter in meinem Büro

Mein Gedächtnis ist so gut geworden, daß ich die vielen Erinnerungen nicht mehr unterbringe. Wohin damit, in meine Steinzeit oder mein Quattrocento? Ich habe kein Datum mehr frei. Aber sie sind nicht wegzubringen, vermehren sich noch und ich könnte mit dem gleichen Recht sagen, mein Gedächtnis sei schlechter geworden. Ich habe mir eine Registratur einrichten müssen, Lochkarten, doppelte bis dreifache Buchführung, Ordnung nach Alphabet und Sachgruppen.

Ich verbringe dort den ganzen Tag und denke streng behördlich. Parteienverkehr von 8 mit 12. Meine Erinnerungen im Vorzimmer, Gewerbetreibende, Bittsteller, halten sich nicht an die Zeiten, kein Essen, kein Trinken, ganz bedürfnislos, sie warten. Sie haben alle Gestalt angenommen, das werfe ich ihnen vor. Ich wage mich nicht mehr hinaus, beobachte sie durchs Schlüsselloch, aber das Schlüsselloch ist kein gesunder Zustand.

Einer, der ist neu, hat einen Röhrenhut auf, höher als ein Zylinder, auch schwarz. Tibetischer Lama, denke ich mir gleich, aber wieso trägt er blonde Haare bis auf die Schulter? Om mani padme hum kann es nicht sein, auch nicht a plus b ins Quadrat, das wäre kürzer geschoren. Bestimmt kenne ich ihn gut, bestimmt eine Sentenz. Die Tiefe der Dinge ist ihre Oberfläche. Von Nietzsche. Aber ich will garnicht wissen, woher. Wohin mit dem Tibeter, wieso ist er geblieben, und gerade jetzt? Mein Tibetisch ist nicht besonders.

Mich stört auch, daß sie miteinander sprechen, Freundschaften schließen, Verbindungen eingehen, wo-

möglich Kinder zeugen, die dann mit zu meinen Erinnerungen gehören, das wird mir wie gesagt zuviel. Der
Tibeter zum Beispiel mit der Pik sieben. Ist das Junge
dann eine Sentenz oder ein Liebesverhältnis oder eine Mischung, das stelle ich mir furchtbar vor. Mein Büro käme
durcheinander und Fluchtwege habe ich nicht, ich müßte
immer durch die Gesellschaft hindurch und alle würden
mich am Ärmel zupfen und mich Vater nennen.

Carstensen

Am Nachmittag will jemand kommen, der auf Kämmen bläst. Vielleicht kann man etwas lernen, nur nicht zu früh aufgeben, Zeit ist immer genug. Die Flaschenscherben im Schnee sind grün, freilich bleibt die Frage: Wer käme, wenn sie blau wären? Grün läßt eins ins andere greifen, die Farbe in die Kämme, den Jemand in den Schnee, gestern gab es noch Freiheiten, aber nachts warf einer eine Schnapsflasche aus dem Fenster.

Carstensen hat mich gefahren, elf Mark fünfzig. Hat er Pferde oder einen Motorbetrieb? Nun, wenn du nur da bist. Einstehen kann man nicht für sich. Beherrscht von den neun Öffnungen des Leibes, bleibt einem das Bedürfnis nach Schlaf. Allen Erfahrungen zuwider erwartet man in einem andern Leben aufzuwachen, mit andern Farben, andern Künsten oder einfach bloß ein anderer, den man freudig und ganz unzuständig fortsetzt. Wenn es gut geht, hat er Kanarienvögel um sich und grüne Heringe.

Carstensen erschien vor zehn zwölf Jahren, so lange fährt er schon. Erst nur auf roten Klinkerstraßen und quer durch die Dünen, gummibereift, unvermeidlich, aber er ist nicht der der auf Kämmen spielt, — ich stelle es mir übrigens scheußlich vor. Carstensen ist ein ganz anderer, so wie Gott, aber er kann noch weniger. Er erreicht sein Ziel, sonst nichts. Carstensen ist jemand, in dessen Leben man erwachen könnte, der mit Kanarienvogel und Hering. Aber er würde das nicht zulassen, sich mindestens ärgern. Ich versuche es garnicht.

Carstensen hat mich gefahren, ein Beleg für die Steuer. Wenn du nur da bist. Heute nachmittag kommt jemand, der ist unabwendbar, sieh dir die grünen Scherben an. Ich finde sie schön, ich finde alles schön, vielleicht ist es meine Natur oder es ist nur heute, aber heute ist es. Welche Farbe haben die Kämme? Klingen die Lieder verschieden auf gelb grün violett? Ich möchte sie secco (Vermutlich gelb).

Beethoven, Wolf und Schubert

Ach und O sind zwei Gedichte, die jeder versteht. Und verhältnismäßig kurz, sie erfordern keine langjährige Übung im Lesen. Ob sie jedem gefallen, ist eine andere Frage, sie passen nicht, wenn man den schönen Götterfunken voraussetzt. Bravo oder bis bis wäre da viel besser, aber nicht so kurz. Jedenfalls führt Schwermut in die Anarchie, so einfach ist das. Entzückt verzehrt der Wolf sein Bein, das ihm ein Tellereisen abgerissen hat. Gesegnet sei der Tag, der mir Nahrung gab, ruft er. Der Wolf soll uns ein Beispiel sein. Eine tabula rasa ist besser als ein leerer Tisch, von der fabula rasa kam ich darauf, die Welt ist ein Druckfehler.

Das soll uns nicht verdrießen. Was man fürs Leben braucht, lernt man in jedem Tellereisen, und für Kybernetik hat man Fachkräfte. Oder Geometrie, — sie ergibt sich von selbst: Beim Sitzen kann man Wechelwinkel an Parallelen erreichen, wenn man sich Mühe gibt; Schlafen, das heißt hundertachtzig Grad; rechte Winkel beim Kartoffelklauben. Die Welt ist auch eine harmonische Anstalt, ob wirs wissen oder nicht. Franz Schubert schlief mit Brille, auch das geht, und wenn sie zerdrückt wird, setzt das den Optiker in Bewegung. Für äußerste Fälle habe ich ein Medikament erfunden, eine Art Whisky mit Yoga, kleine grüne Pillen, die für und gegen alles helfen, vor allem für alles, wogegen sie helfen. Jeder weiß wie wichtig das ist. Meine Erfindung, mein Beitrag zum Staat. Auf dieser Lorbeere ruhe ich aus.

Farbenblind

Die Welt, früher flaschengrün, ist heute violett. Ich weiß die Bedeutung der Farben nicht und auf die Wirkung muß man zu lange warten. Der Erkenntniswert ist gleich plus minus null.

Eine Aschenwolke, – wie war die Farbe gleich – adieu ihr Lieben, möge euch der Wind leicht sein. Efeugrün, Asternviolett, aber die Deutung ist unerheblich, Raum für individuelle Augenfehler, die Automatismen der Wirklichkeit sind in ein paar Farben nicht zu übersetzen, der Regenbogen hat auch zu wenig. Aschenwolken stehlen uns die Zeit, das Interesse für Gestorbene läßt sich verschieben. Eine Tombola muß her. Wir hätten Skelette zu verlosen. Tombola und Skelettierung können zu jeder Farbe stattfinden.

Ist das Glück zu teuer? Ein Währungsproblem und jeder schwört auf seine monetäre Einheit. Farben ohne IG sind schlecht im Kurs, man soll nicht zuviel darauf geben und dafür. Aber gerade waren wir dabei, das Einverständnis zu kündigen, da kommt dieses Violett in alles und in die Dauer, die Zumutung des Lebens wird nicht mehr bemerkt, die Zumutung des Sterbens erbittert nur wenige.

Ihr Freunde in den Aschenwolken, wir wollen uns neu entwerfen.

Regen

Regen, — nicht das, was naß aus Wolken fällt, auch nicht sich regen bringt Segen, sondern die Mehrzahl von Rege. Das ist leicht zu verwechseln und wir wollen dem gleich vorbeugen, zumal Regen ein Pluraletantum ist. Die Einzahl heißt die Rege und kommt nicht vor. Auch der Plural ist selten, weil eben die Sache selten ist.

Regen sind zugleich Geografie und Geschichte, verändern die Konstitution und machen Yogaübungen aussichtslos. Selbst mit Yoghurt ist nicht viel zu erreichen, wenn man überhaupt etwas erreichen will, denn Regen machen glücklich und emanzipieren einen von Leberschäden und Harndrang. Auch sonst wird vieles eliminiert, die Neigung zum Islam und das Bedürfnis, leere Blätter leer zu lassen.

Regen lohnen sich im Alter mehr als in der Jugend. Ich habe sie leider nur einmal erlebt, als ich noch ziemlich jung war, 54. Für mich waren sie nicht ergiebig. Immerhin, ich bemerkte den nicht atmosphärischen Blitz und habe einen Widerwillen gegen Rollkragenpullover davongetragen. Meine Schwester, die dabei war, hat einen kurzen Regenguß gespürt, so ist das bisweilen bei Regen, irreführend eben. Bei ihr blieb das Ereignis ohne Folgen, sie leugnet es jetzt sogar. Dabei hatte mich kein Regentropfen getroffen, was doch Beweis genug ist, von den späteren Rollkragen zu schweigen.

Natürlich warte ich immer auf ein zweites Mal. Der Augenblick, wo sich mehrere Disziplinen in eine zusammenziehen, erleichtert die Schulreform, auch fallen vielleicht Entscheidungen, Fragen werden geklärt. Ich habe eine ganze Liste von Etymologien aufgestellt, die mir unklar sind. Möglicherweise ist es auch ein Ergebnis der Aufmerksamkeit, nicht bloß ein Gliederzucken. Ich werde mich bemühen schlaflos zu bleiben und die Regen nicht zu verwechseln. Man muß weiter kommen als bis zu Rollkragen. Obwohl eventuell ein nebensächliches Kleidungsstück unser Gleichgewicht endlich indifferent macht.

Hohes Gras

Das Gras wird hier nie geschoren, und wenn dann nicht mit der Schere. Ein falsches Wort also. Wir mögen falsche Wörter, man muß sie ausprobieren. Es ist so wie mit den Sünden, die man tun muß, damit es sie gibt und damit der Verfasser des Sündenkatalogs nicht umsonst nachgedacht hat. Die Übertretung bestätigt das Gesetz. Da wären wir, wohin wir nicht wollten.

Ich wollte ins Gras. Es streift mir den Hut. Ich bin zwar nicht der größte, aber doch an der unteren Grenze der normalen Mittelgröße. Ohne Kommentar einssiebzig. Das Gras bis zu zwei Meter, eine gute Leistung. Ich weiß nicht, was es für Gräser sind, bin kein Grasfachmann, bin auch nicht für Sünden zuständig. Wir treten einen Augenblick auf der Stelle und wagen die Vermutung, daß Sünden zum Ebenbild gehören, zur Bestätigung.

Weiter im Gras. Es hat tagelang geregnet, was mich beeinträchtigt, aber nicht meine Höhe. Ich bleibe auch bei Regentropfen in der normalen Mittelgröße, das Gras bleibt bei rund zwei Meter. Kein Zweifel. Aber bei den Sünden? Gibt es die übergeordnete der Zustimmung? Im nassen Gras und die Feuchtigkeit kommt mir an die Lippen, ich beiße und es schmeckt. Einer wartet auf das Nein, das ihn bestätigt.

Wie ist das aber, wenn das Gras verlassen ist und ich im trockenen Zimmer die Füße an den Strahlofen halte? Gilt alles nur für ungeschorene Waldwege? Und rechts eine Pizzabäckerei und links die Bauschächte der U-Bahn, was dann? Mein Gedächtnis vergißt Gras und die Augenblicke. Dunkel erinnert mich mein dunkler Hut, aber die

Erkenntnis kommt nicht wieder, es nützt nichts ihn auf-
zusetzen. Ein Zentimeter größer und alles wäre ohnehin
anders (Der Hut ist bei den Größenangaben nicht einge-
rechnet).

Frühgeburt

Seitdem es sich in seinem Kopf rührt, kann er noch dreierlei, sitzen, stehen und liegen. Zu wenig, wenn man nicht weiß, was sich rührt. Er weiß es nicht, es sind Felder, vierundsechzig, was sind Felder, was ist vierundsechzig? Wenig Holzbearbeitung, keine Pflegeanstalten, zu früh für Könige und ihre Damen. Nichts will sich ordnen, Keulenträger ringsum, gutmütig aber schon zu lange. Heute käme er zum Zuge. Derselbe? Der eben auf seine Kinder starrt. Er möchte sich in Selbstgespräche retten, aber dann sieht er schon die Keule über sich.

Erinnerung an morgen oder noch weiter zurück

Der Matrosenanzug ist an einen Lumpenhändler verkauft, jetzt könnte man ihn brauchen, man schrumpft
ein. Immer so voreilig. Der in der Wiege, fünfundneunzig,
weiß nicht, ob es gestern war oder noch weiter voraus. Das
brodelnde Fett in der Pfanne könnte man mit den Son-
nengesängen des heiligen Franziskus verwechseln. Gehör
heißt fünf Minuten lang synoptische Sätze. Fünf Minuten
heißt Zeit oder Himbeere oder Forellenquintett. Himbeere heißt Zustand, Forellenquintett eine chemische Verbindung von eßbar und Quantentheorie. Man kennt sich
aus.

Der Mann in der Wiege wedelt mit den Beinen, er
hat Hunger, dabei soviel nutzloses Gras ringsum. Er
möchte herausgehoben werden, aber der nächste Pfad-
finder ist weit und erst morgen dran mit seiner guten
Tat. Man hört die Bremsen rauschen, hier Bremen genannt, was dort wiederum eine Stadt ist. Sie suchen das
süße Blut, man ist weise genug es ihnen zu lassen. Weisheit
heißt lahme Arme.

Bewendung

Ordnung kommt keine in die Welt, solange der Abwasch nicht vor dem Essen abgewaschen werden kann. Soziologische Reihen, auch billige Ausgaben, helfen da nicht. Und der grandiose Grundgedanke der Psychologie, Herkunft bäbä gleich Denken bäbä, erweist sich als ungenügendes Laxativum.

Man kann das Problem nur diktatorisch umgehen anstatt die Teller stehen zu lassen, aber schließlich weiß doch jeder, daß der kolumbianische Knoten und das gordische Ei keine beweiskräftigen Lösungen sind. Letzten Endes wird immer bewiesen, wie sinnvoll die Anarchie ist.

Damit könnten wir es bewendet sein lassen, sein Bewenden haben können, es bewendet haben sein, — wie auch immer. Ich meine die Bewendung, die ja auch selten ist, ein Phänomen der Grilltechnik, nicht der Politologie, sonst wäre sie viel bekannter. Die Bewendung begegnete mir neulich wie Gogol seine Nase, gerade in ein Taxi steigend. Endlich ein Abstraktum konkret geworden, ich war glücklich, das Konkrete ist so selten und man sieht es sofort ein und begreift gleich alle Neujahrsempfänge und die abscheulichen Getränke dabei. Natürlich ist der Abwasch der Gläser das gleiche wie der Abwasch der Teller, die Probleme bleiben auch auf Bundesebene, sie werden nur verschwiegen. Aber ich mache da nicht mit, ich bin das Gewissen der Nation, ich spreche alle heißen Eisen aus, jeden Abwasch, Steingut, Silber, Plastik, ob aus dem bewährten Bisherigen oder nicht.

Indogermanisch

Vom Irischen kenne ich bloß ein paar Wörter, aber ich muß mich in Irland damit behelfen, da ich kein Englisch spreche. Ebenso geht es mir in Wales mit dem Kymrischen und in Schottland mit dem Gälischen. Loch Ness sage ich und schon bin ich ein Sprachwunder, ein Keltologe von Rang.

Schwieriger ist es in England, aber dort weiche ich auf Esperanto aus und wandere von Ortsgruppe zu Ortsgruppe. Esperanto ist leicht, knabo der Knabe, das versteht man. Es ist nicht ganz so leicht wie Englisch, aber beinahe.

Keine Schwierigkeiten hätte ich in Griechenland, da verstehe ich alles, altgriechisch, neugriechisch, griechischorthodox. Nirgends ist das Griechische so verbreitet wie in Griechenland. Diese Tatsache wird meist nicht genügend gewürdigt. Wie merkwürdig sie ist, würde man würdig merken, wenn das Land nicht Griechenland sondern China hieße. Dies nur als Beispiel für das Erstaunliche in den kleinen Dingen ringsum.

Zurück nach Irland.

Ein Wort für die Seldschukken

In einem gewärmten seldschukkischen Hotel erwache ich im Dezember, starre auf den Stadtplan und brauche nicht auszugehen. Das kenne ich alles: Auf dem Planquadrat B3 die Ecke, um die der Zeitungsverkäufer biegt, der biegt für immer, daneben zwei grünliche Esel, die bleiben auch, grünlich und angebunden, gehören zum Planquadrat. Die Seldschukken haben hübsche Dinge hinterlassen, Andenkenläden, die schwarzen Pferdedroschken, rinnende Tonkrüge, von denen ich drei erworben habe, um sie zur Zuckergewinnung aus Weißwein zu benutzen. Ich gebe zu, daß mich der Stadtplan von Konya zu Tränen rühren kann. Es ist einer der Orte, wo ich zum letzten Mal bin, war auch vorher nie dort, zur Rührung schon zwei Gründe.

Ein hochgelegenes, morgens gefrorenes Land, ein hochgelegenes, morgens gefrorenes Land, gefrorenes Gras, gefrorene Berge, übergroße Turbane. Ja. Seldschukken, Taurus, Seldschukken. Ich wollte ein Wort einlegen, einwecken, einfrieren, die Vokabeln finde ich noch, weiß aber nicht, ob sie zusammengehören, Taurus, Antitaurus, Antiseldschukken.

Verspätetes Frühstück

Über den Wecker hinaus bleibt das grammatische Problem, das quer durch den Schlaf ging. Heißt die Mehrzahl die Sommeren oder die Sommerne? Beides klingt selbstverständlich, man müßte es vergessen, um es wieder zu wissen, aber so weit komme ich nicht, ich komme nur in den Frühstückssaal, immer noch die beiden Plurale in der Mundhöhle. Die Frage ist auch durch eine Frage nicht lösbar, niemand versteht mich, ein Frühstück wird mit Mühe serviert, aber Deutsch ist ausgestorben und das in einem Ort, der gestern abend noch Düsseldorf hieß. Man spricht eine ganz fremde Sprache, klingt ans Polynesische an, und ich steige beklommen in meinen Stoewer 07, der immer schon ausgestorben war.

Die Sommeren, die Sommerne, es braucht einen nicht zu wundern. Auch das Preußische ist eine tote Sprache, jetzt ist mit historischer Notwendigkeit das Deutsche an der Reihe. Vorläufig halte ich freilich noch Monologe, das liegt mir überhaupt, und alles was ich sage ist richtig, für Deutsch bin ich die letzte Instanz.

Die Sommeren, die Sommerne, — wars nicht doch ein Satz, nicht bloß ein Problem? Ein Leitgeruch bleibt, der die fremdsprachige Zeit metallisiert, der die taubstummen Frühstückssäle mit zarten Semmeln bevölkert, im Autolack spiegelt sich etwas, was summt und zittert, alle Sommeren, alle Sommerne, eine Marmelade, wie sie nicht wiederkommt.

Diese Weckeren, diese launischen Vergangenheitne. Morgen schreibe ich mich in der Berlitz School ein, fange an, den Regen zu lernen, das hat Futur.

Botanische Exkursion

Buchen und Eichen kann ich nur bei Gewitter unterscheiden. Ich bin Botaniker, auf Darmflora spezialisiert. Worunter sich größere Volksmengen versammeln, sind Buchen, unter den Eichen bleibt es leer. Ein Kollege, Ordinärbotaniker, behauptet, es sei des Reimes wegen. Bin ich bei Gewitter allein unterwegs, tue ich mich schwer. Eichhörnchen geben keinen Hinweis, sie gehen auch Buchen an, obwohl sie nicht Buchhörnchen heißen. Das ist eine Frage der Philologie. Ich bleibe in solchen Fällen im Platzregen und überlasse alles den Meteorologen. Abgrenzung der Wissenschaften ist lebenswichtig. Die Verantwortung für Wiesenblumen übernehme ich nicht.

Man soll mich nicht mißverstehen: ich bin begeisterungsfähig. Bei Unterhaltungen möchte ich gern das Wort an mich ziehen, habe es ein paarmal versucht, aber mein Pathos mündet immer in Monologe, die Gäste sind nach nebenan gegangen.

Auch in der Poesie suche ich mein Thema vergeblich. Etwas stimmt da nicht. Wieso sind Rosen möglicher als symbiontische Bakterien? Manchmal möchte ich Dichter sein, aber man findet sich ab, man betrachtet ratlos die nichtssagenden Margeriten, die mürrischen jungen Mädchen hinterm Ladentisch, und hätte voraussagen können, daß die Rückseite des Mondes nicht besser ist als die Vorderseite. Mein Bedarf an Girlanden wird durch die Industrie gedeckt, ich bin so negativ wie ein Nichtraucher. Das kommt von der Darmflora, vom Adelschlag des Spezialgebiets, man kann sich sehen lassen.

Berufsberatung

Zahl oder Eichenzweig, wirf einen Groschen hoch, ja ja, nein nein. Du weißt nicht, was wichtig ist. Dein Großvater kennt sich aus, war immer auf den Beinen, Stühle sind Wurzeln. Das Gepäck klein halten, verstehst du. Nur eins muß dabei sein: Gestoßener Pfeffer, mindestens ein Kilo. Pfeffer unter die Sohlen und kein Wolf setzt dir nach. Die lachen, aber laß sie. An die Wölfe denken, darauf kommt es an.

Exkurs über die Milz

Halten wir die Milz in Reserve! Wenn wir zum Beispiel der Zeit auf die Sprünge kommen, kann das die Milz übernehmen. Da hat sie zu tun ohne sich zu überanstrengen. Aber wie ich die Milz kenne, wird sie wieder alles den Geisteswissenschaften überlassen wollen und das gibt Ärger.

Die Milz ist ein faules Organ. Komm, alte Milz, sag mir, was ich am Eschersheimer Tor gesagt habe. Das Eschersheimer Tor habe ich nicht aufgenommen, es steht außerhalb meines Lebens. Gewiß gibt es Punkte auf der Welt, die ich milzähnlich verwende, ich weise ihnen Funktionen zu, sie übernehmen mein Gedächtnis, so habe ich mich auf vier Kontinenten eingerichtet, muß fleißig herumfahren, um alles beisammen zu haben. Aber das Eschersheimer Tor? Ich weiß nicht einmal, ob es nicht Turm heißt.

Was sagte ich am Eschersheimer Turm? Ariadnefaden, Leuchtfeuer? Orientierung braucht man nicht nur in Frankfurt. Schon die Oder kann zu Irrtümern verleiten. Ach liebe Milz, erinnere dich an die Oderbuhnen, bring alles durcheinander! Es ist so selten, daß man alles in einem Punkt beisammen hat, in einem zugespitzten Augenblick, der den ganzen Bleistift enthält.

Am Eschersheimer Turm sagte ich was ich immer sage. Aber dort sprach ich es aus, wie man mir sagt. Ich sprach es am Eschersheimer Turm aus wie in Kyoto und Vézelay, — zwei meiner Milzorte. Einmal ausgesprochen ist für immer gesagt, zu meinem Leidwesen. Man möchte manches wieder einatmen und in der Milz hinter-

legen, ziemlich tief links außen, man möchte seine beschei-
denen Geheimnisse behalten.

für Uwe Johnson

Ries

Ein Meteoritensturz, und bescheidene Sekunden später hat man sich darüber eingerichtet, altfränkisch, altschwäbisch, und mit wehenden Schloßfahnen, aber der Park ist öffentlich bis zum Einbruch der Dunkelheit und die Ackererde zu gut, als daß sie keine staatliche Förderung brauchte. Das Ganze ist auf Zeit ausgerichtet, auf Leitfossilien. Im Vordergrund Plastikbeutel mit grünen Nudeln und Zehnmarkscheine. Der Schritt erstarrt bei gehobenem Fuß, kein Asphalt wischt die Muster und ihre Pflastersteine weg, hinter der Sparkassenfassade sind die Bierhähne regenbogenfarbig angelaufen. Die Bilder übereinanderkopiert, ein Weltgemälde, es gibt nur Gegenwart. Alle Wege führen nach Wassertrüdingen, wer nach Rom kommt, hat sich verirrt. Im Eiskeller wartet das Wasser der Jahrhundertwende, und eine Liebe spielt, die auch nicht endet, Gespräche von vorgestern, heute auf Band genommen.

Diese Wunder überschätzen wir nicht, jeder hat seine Plätze, sie halten sein Leben zusammen. Der menschliche Geist ist schon dabei, ein besseres Gleichgewicht zu finden, schade. Auch über dem Meteoriten ist die Summe aller Farben grau, wenn der Regenbogen in Bewegung gerät. Der Lateinschule und der Synagoge nützen kein Orange und kein Rot, der Bahnhof gibt sich harmlos mit melodischen Signalen. Alle paar Stunden geht ein Zug in die Hölle, die Fahrpläne hängen aus und wir werden heimgenommen in die fiskalische Pietät. Wer kannte die Bänkelsänger mit den Bildern vom Bergmannstod und die blauen Kittel der Bauern und Butter auf Huflattichblättern? Da winkt noch jemand, aber schon so weit entfernt, daß man ihn nicht erkennt. Es muß der Leiter des Fremdenverkehrsamtes sein. Wenn ich mich recht erinnere, heißt er Neumann, aber diese Art von Erinnerung meine ich nicht.

Eiwa

Zu Theodor sagte ich Eiwa. Und ein paar Jahre später habe ich den Kaiser auf der Schwebebahn gesehen, ich als einziger. Ich war auf der Toilette geblieben, als die Station geräumt wurde. Dann hörte ich den Extrazug, kam harmlos heraus und sah ihn ganz nahe. Der Kaiser war blaß. Es war die erste Fahrt. Theodor war mein Vetter, aber Theodor konnte ich nicht aussprechen. Zum Stationsvorsteher sagte ich: Meinen Sie denn, daß ich ihm was tue? Ich habe die englische Krankheit gehabt, kann schlecht gehen. Sie waren schon fort, Richtung Vohwinkel.

Monolog des Kapitäns Robert Scott

Oates hat sich gestohlen, hat uns entledigt, adver-
biale Bestimmung des Ortes, Genetiv. Oates, der fiebert,
hat gefunden, durch. Zelt, Gewicht, Nebelloch. Wir kommen, schaffen, haben, haben, hin, Akkusative. Loch in der
Zeit. Haben Akkusative, was meinst du?

Konsultation

In den ophtalmologischen Lehrbüchern bis ins Detail beschrieben. Möchte, könnte, müßte. Meine Krankheit, eine Sehtrübung, Konjunktivitis. Mein Arzt verordnete mir einen Indikativ. Richtig, aber zu wenig. Indikative eßlöffelweise über den Tag verteilt. So hebt man die Welt aus den Angeln. Aber das möchte Dr. Schratzenstaller nicht.

Bevor Störtebeker stolpert

Kniend, geschoren. Eine Reihe zu neunt, an eine Deichsel gebunden. Des Hauptmanns Kopf in einem Weidenkorb. Sein Rumpf steht aufrecht, setzt die Füße. Wen er erreicht, der kommt frei. Ich bin der neunte, ein schlechter Platz. Aber noch läuft er.

Bandabfall

Immer in der Landwirtschaft gewesen, aber zu unruhig. Das frühe Aufstehen war das beste, so wie heute, ist gut.

Und sonst?

Die Welt? Ach das kennt man. Der Hahn des Nachbars und die Henne der Nachbarin. Sagt man bei uns.

Was?

Die haben sie gemacht.

So?

Vielleicht eine üble Nachrede, oder?

Vier Uhr dreißig.

Da ging man in die Stiefel, jeden Morgen. Aber wenn sies waren, man wundert sich nicht.

Inhalt

Maulwürfe

Präambel 7

Winterstudentin mit Tochtersohn 8

Zwischenakt 10

Kehrreim 11

Ins Allgemeine 12

Kalauer 13

Anatolische Reise 14

Zeit und Zeitung 15

Ode an meinen Ohrenarzt 16

Barock 17

Seepferde 18

Nördlicher Prospekt 19

Viareggio 20

Sünde 22

Mein Schuster 23

Hausgenossen 24

Sammlerglück 26

Episode 28

Unsere Eidechse 29

Ein Postfach 30

Iecur 31

Versuch mit Leibniz 32

Späne 34

Huldigung für Bakunin 35

Kurmittel 36

Klimawechsel 37

Salz 38

Nach Bamako 39

Zu Schiff 40

Landausflug 41

Phantomschmerzen 42

Zweit 43

Ende Juni Anfang Juli 44

Windschiefe Geraden 45

Erste Notiz zu einem Marionettenspiel 46

Nathanael 48

Ein Tag in Okayama 50

Ohne Symmetrie 51

Jonas 52

Begrüßung 54

Geometrie und Algebra 56

Rundschreiben 57

Marktflecken 58

Notizblatt eines Tänzers 59

Hölderlin 60

Schlüssel 61

Aktennotiz zum Quittenkäs 62

Tirolisch 63

Vergeblicher Versuch über Bäume 64

Altern 65

Atlanten 66

Ein Nachwort von König Midas 68

Äquinoktium 70

Ein Tibeter in meinem Büro

Preisgünstig 73
Das lange Laster 74
Wenig Reiselust 76
In Ansbach 78
Verkehrsknoten gelöst 80
Schöne Frühe 82
Rückläufiges Wörterbuch 83
In eigener Sache 84
ta dip 85
Übergangsmantel 86
Weberknechte 87
Fortgeschritten 88
Telefonisch 89
Feste 90
Zaubersprüche 92
Zeilen an Huchel 93
Peter Posthorn 94
Lauren 95
Maison des foux 96
Dünn 98
Baumwolle 100
Ländliche Entwicklung 102
Alpinismus 103
Talsperre 104
Pe 106
Verwandtschaft 108
Schlüsselfigur 110
Sternzeichner 111
Ein Tibeter in meinem Büro 112

Carstensen 114

Beethoven, Wolf und Schubert 116

Farbenblind 117

Regen 118

Hohes Gras 120

Frühgeburt 122

Erinnerung an morgen oder noch weiter zurück 123

Bewendung 124

Indogermanisch 125

Ein Wort für die Seldschukken 126

Verspätetes Frühstück 127

Botanische Exkursion 128

Berufsberatung 129

Exkurs über die Milz 130

Ries 132

Eiwa 134

Monolog des Kapitäns Robert Scott 135

Konsultation 136

Bevor Störtebeker stolpert 137

Bandabfall 138

Bibliothek Suhrkamp

Verzeichnis der letzten Nummern

866 Joachim Maass, Die unwiederbringliche Zeit
869 Hermann Hesse, Steppenwolf mit 15 Aquarellen von Gunter Böhmer
870 Thomas Bernhard, Der Theatermacher
871 Hans Magnus Enzensberger, Der Menschenfreund
872 Emmanuel Boye, Bécon-les-Bruyères
873 Max Frisch, Biografie: Ein Spiel, Neue Fassung 1984
874 Anderson/Stein, Briefwechsel
876 Walter Benjamin, Sonette
877 Franz Hessel, Pariser Romanze
878 Danilo Kiš, Garten, Asche
880 Adolf Muschg, Leib und Leben
882 Max Frisch, Blaubart
883 Mircea Eliade, Nächte in Serampore
884 Clarice Lispector, Die Sternstunde
886 Tania Blixen, Moderne Ehe
888 Thomas Bernhard, Ritter, Dene, Voss
891 Peter Huchel, Die neunte Stunde
892 Scholem Alejchem, Schir-ha-Schirim
895 Raymond Queneau, Mein Freund Pierrot
896 August Strindberg, Schwarze Fahnen
898 E. M. Cioran, Widersprüchliche Konturen
899 Thomas Bernhard, Der Untergeher
900 Martin Walser, Gesammelte Geschichten
901 Leonora Carrington, Das Hörrohr
903 Walker Percy, Der Kinogeher
904 Julien Gracq, Die engen Wasser
907 Gertrude Stein, Jedermanns Autobiographie
908 Pablo Neruda, Die Raserei und die Qual
910 Thomas Bernhard, Einfach kompliziert
914 Wolfgang Koeppen, Der Tod in Rom
916 Bohumil Hrabal, Sanfte Barbaren
917 Tania Blixen, Ehrengard
918 Bernard Shaw, Frau Warrens Beruf
919 Mercè Rodoreda, Der Fluß und das Boot
922 Anatolij Kim, Der Lotos
923 Friederike Mayröcker, Reise durch die Nacht
924 Stig Dagerman, Deutscher Herbst
926 Wolfgang Koeppen, Tauben im Gras/Das Treibhaus/Der Tod in Rom
927 Thomas Bernhard, Holzfällen
928 Danilo Kiš, Ein Grabmal für Boris Dawidowitsch
929 Janet Frame, Auf dem Maniototo
930 Peter Handke, Gedicht an die Dauer
931 Alain Robbe-Grillet, Der Augenzeuge
935 Marguerite Duras, Liebe
938 Juan Carlos Onetti, Leichensammler

941 Marina Zwetajewa, Mutter und die Musik
942 Jürg Federspiel, Die Ballade von der Typhoid Mary
943 August Strindberg, Der romantische Küster auf Rånö
945 Hans Mayer, Versuche über Schiller
946 Martin Walser, Meßmers Gedanken
947 Ödön von Horváth, Jugend ohne Gott
948 E. M. Cioran, Der zersplitterte Fluch
949 Alain, Das Glück ist hochherzig
950 Thomas Pynchon, Die Versteigerung von No.49
953 Marina Zwetajewa, Auf eigenen Wegen
954 Maurice Blanchot, Thomas der Dunkle
955 Thomas Bernhard, Watten
956 Eça de Queiroz, Der Mandarin
958 André Gide, Aufzeichnungen über Chopin
962 Giorgos Seferis, Poesie
964 Thomas Bernhard, Elisabeth II.
965 Hans Blumenberg, Die Sorge geht über den Fluß
966 Walter Benjamin, Berliner Kindheit, Neue Fassung
967 Marguerite Duras, Der Liebhaber
969 Tschingis Aitmatow, Der weiße Dampfer
970 Christine Lavant, Gedichte
973 Franz Rosenzweig, Der Stern der Erlösung
976 Juan Carlos Onetti, Grab einer Namenlosen
977 Vincenzo Consolo, Die Wunde im April
979 E. M. Cioran, Von Tränen und von Heiligen
980 Olof Lagercrantz, Die Kunst des Lesens und des Schreibens
981 Hermann Hesse, Unterm Rad
983 Anna Achmatowa, Gedichte
984 Hans Mayer, Ansichten von Deutschland
985 Marguerite Yourcenar, Orientalische Erzählungen
986 Robert Walser, Poetenleben
987 René Crevel, Der schwierige Tod
988 Scholem-Alejchem, Eine Hochzeit ohne Musikanten
989 Erica Pedretti, Valerie
990 Samuel Joseph Agnon, Der Verstoßene
991 Janet Frame, Wenn Eulen schrein
992 Paul Valéry, Gedichte
995 Patrick Modiano, Eine Jugend
997 Thomas Bernhard, Heldenplatz
998 Hans Blumenberg, Matthäuspassion
999 Julio Cortázar, Der Verfolger
1000 Samuel Beckett, Mehr Prügel als Flügel
1001 Peter Handke, Die Wiederholung
1002 Else Lasker-Schüler, Arthur Aronymus
1003 Heimito von Doderer, Die erleuchteten Fenster
1004 Hans-Georg Gadamer, Das Erbe Europas
1005 Hans Jonas, Das Prinzip Verantwortung
1007 Juan Carlos Onetti, Der Schacht
1008 E. M. Cioran, Auf den Gipfeln der Verzweiflung
1009 Marina Zwetajewa, Ein gefangener Geist

1011 Alexandros Papadiamantis, Die Mörderin
1012 Hermann Broch, Die Schuldlosen
1013 Benito Pérez Galdós, Tristana
1014 Conrad Aiken, Fremder Mond
1015 Max Frisch, Tagebuch 1966–1971
1016 Catherine Colomb, Zeit der Engel
1017 Georges Dumézil, Der schwarze Mönch in Varennes
1018 Peter Huchel, Gedichte
1019 Gesualdo Bufalino, Das Pesthaus
1020 Konstantinos Kavafis, Um zu bleiben
1021 André du Bouchet, Vakante Glut / Dans la chaleur vacante
1022 Rainer Maria Rilke, Briefe an einen jungen Dichter
1023 René Char, Lob einer Verdächtigen / Eloge d'une Soupconnée
1024 Cees Nooteboom, Ein Lied von Schein und Sein
1025 Gerhart Hauptmann, Das Meerwunder
1026 Juan Benet, Ein Grabmal / Numa
1027 Samuel Beckett, Der Verwaiser / Le dépeupleur / The Lost Ones
1028 Ulrich Plenzdorf, Die neuen Leiden des jungen W.
1029 Bernard Shaw, Die Abenteuer des schwarzen Mädchens auf der
     Suche nach Gott
1030 Francis Ponge, Texte zur Kunst
1031 Tankred Dorst, Klaras Mutter
1032 Robert Graves, Das kühle Netz / The Cool Web
1033 Alain Robbe-Grillet, Die Radiergummis
1034 Robert Musil, Vereinigungen
1035 Virgilio Piñera, Kleine Manöver
1036 Kazimierz Brandys, Die Art zu leben
1037 Karl Krolow, Meine Gedichte
1038 Leonid Andrejew, Die sieben Gehenkten
1039 Volker Braun, Der Stoff zum Leben 1-3
1040 Samuel Beckett, Warten auf Godot
1041 Alejo Carpentier, Die Hetzjagd
1042 Nicolas Born, Gedichte
1043 Maurice Blanchot, Das Todesurteil
1044 D. H. Lawrence, Der Mann, der Inseln liebte
1045 Jurek Becker, Der Boxer
1046 E. M. Cioran, Das Buch der Täuschungen
1047 Federico García Lorca, Diwan des Tamarit / Diván
1048 Friederike Mayröcker, Das Herzzerreißende der Dinge
1049 Pedro Salinas, Gedichte / Poemas
1050 Jürg Federspiel, Museum des Hasses
1051 Silvina Ocampo, Die Furie
1052 Alexander Blok, Gedichte
1053 Raymond Queneau, Stilübungen
1054 Dolf Sternberger, Figuren der Fabel
1055 Gertrude Stein, Q. E. D.
1056 Mercè Rodoreda, Aloma
1057 Marina Zwetajewa, Phoenix
1058 Thomas Bernhard, In der Höhe, Rettungsversuch, Unsinn
1059 Jorge Ibargüengoitia, Die toten Frauen

1060 Henry de Montherlant, Moustique
1061 Carlo Emilio Gadda, An einen brüderlichen Freund
1062 Karl Kraus, Pro domo et mundo
1063 Sandor Weöres, Der von Ungern
1064 Ernst Penzoldt, Der arme Chatterton
1065 Giorgos Seferis, Alles voller Götter
1066 Horst Krüger, Das zerbrochene Haus
1067 Alain, Die Kunst sich und andere zu erkennen
1068 Rainer Maria Rilke, Bücher Theater Kunst
1069 Claude Ollier, Bildstörung
1070 Jörg Steiner, Schnee bis in die Niederungen
1071 Norbert Elias, Mozart
1072 Louis Aragon, Libertinage
1073 Gabriele d'Annunzio, Der Kamerad mit den Wimpernlosen Augen
1075 Max Frisch, Biedermann und die Brandstifter
1076 Willy Kyrklund, Vom Guten
1077 Jannis Ritsos, Gedichte
1079 Max Dauthendey, Lingam
1080 Alexej Remisow, Gang auf Simsen
1082 Octavio Paz, Adler oder Sonne?
1083 René Crevel, Seid ihr verrückt?
1084 Robert Pinget, Passacaglia
1085 Wolfgang Koeppen, Eine unglückliche Liebe
1086 Mario Vargas Llosa, Lob der Stiefmutter
1087 Marguerite Duras, Im Sommer abends um halb elf
1088 Joseph Conrad, Herz der Finsternis
1090 Czesław Milosz, Gedichte
1091 Karl Kraus, Die letzten Tage der Menschheit
1092 Jean Giono, Der Deserteur
1093 Michel Butor, Die Wörter in der Malerei
1095 Max Frisch, Fragebogen
1097 Bohumil Hrabal, Die Katze Autitschko
1098 Hans Mayer, Frisch und Dürrenmatt
1099 Isabel Allende, Eine Rache und andere Geschichten
1100 Wolfgang Hildesheimer, Mitteilungen an Max
1101 Paul Valéry, Über Mallarmé
1102 Marie Nimier, Die Giraffe
1103 Gennadij Ajgi, Beginn der Lichtung
1104 Jorge Ibargüengoitia, Augustblitze
1105 Silvio D'Arzo, Des andern Haus
1106 Werner Koch, Altes Kloster
1107 Gesualdo Bufalino, Der Ingenieur von Babel
1108 Manuel Puig, Der Kuß der Spinnenfrau
1109 Marieluise Fleißer, Das Mädchen Yella
1110 Raymond Queneau, Ein strenger Winter
1111 Gershom Scholem, Judaica 5
1112 Jürgen Becker, Beispielsweise am Wannsee
1113 Eduardo Mendoza, Das Geheimnis der verhexten Krypta
1114 Wolfgang Hildesheimer, Paradies der falschen Vögel
1115 Guillaume Apollinaire, Die sitzende Frau

Bibliothek Suhrkamp
Alphabetisches Verzeichnis

Achmatowa: Gedichte 983
Adorno: Minima Moralia 236
– Noten zur Literatur I 47
– Noten zur Literatur II 71
– Über Walter Benjamin 260
Agnon: Der Verstoßene 990
Aiken: Fremder Mond 1014
Aitmatow: Der weiße Dampfer 969
– Dshamilja 315
Ajgi: Beginn der Lichtung 1103
Alain: Das Glück ist hochherzig 949
– Die Kunst sich und andere zu
  erkennen 1067
– Die Pflicht glücklich zu sein 470
Alain-Fournier: Der große Meaulnes
  142
– Jugendbildnis 23
Alberti: Zu Lande zu Wasser 60
Alexis: Der verzauberte Leutnant 830
Allende: Eine Rache und andere
  Geschichten 1099
Amado: Die Abenteuer des Kapitäns
  Vasco Moscoso 850
– Die drei Tode des Jochen
  Wasserbrüller 853
Anderson: Winesburg, Ohio 44
Anderson/Stein: Briefwechsel 874
Andrejew: Die sieben Gehenkten 1038
Andrzejewski: Appellation 325
– Jetzt kommt über dich das Ende
  524
Apollinaire: Bestiarium 607
– Die sitzende Frau 1115
Aragon: Libertinage 1072
Artmann: Fleiß und Industrie 691
– Gedichte über die Liebe 473
Asturias: Legenden aus Guatemala 358
Bachmann: Der Fall Franza 794
– Malina 534
Ball: Flametti 442
– Zur Kritik der deutschen
  Intelligenz 690
Barlach: Der gestohlene Mond 968
Barnes: Antiphon 241
– Nachtgewächs 293

Barthes: Am Nullpunkt der Literatur
  762
– Die Lust am Text 378
Becker, Jürgen: Beispielsweise am
  Wannsee 1112
Becker, Jurek: Der Boxer 1045
– Jakob der Lügner 510
Beckett: Damals 494
– Der Verwaiser 1027
– Erste Liebe 277
– Erzählungen und Texte um Nichts 82
– Gesellschaft 800
– Glückliche Tage 98
– Mehr Prügel als Flügel 1000
– Warten auf Godot 1040
Benet: Ein Grabmal/Numa 1026
Benjamin: Berliner Chronik 251
– Berliner Kindheit 966
– Einbahnstraße 27
– Sonette 876
Bernhard: Amras 489
– Am Ziel 767
– Ave Vergil 769
– Beton 857
– Der Ignorant und der Wahnsinnige
  317
– Der Schein trügt 818
– Der Stimmenimitator 770
– Der Theatermacher 870
– Der Untergeher 899
– Die Jagdgesellschaft 376
– Die Macht der Gewohnheit 415
– Einfach kompliziert 910
– Elisabeth II. 964
– Heldenplatz 997
– Holzfällen 927
– In der Höhe, Rettungsversuch,
  Unsinn 1058
– Ja 600
– Midland in Stilfs 272
– Ritter, Dene, Voss 888
– Über allen Gipfeln ist Ruh 728
– Verstörung 229
– Watten 955
– Wittgensteins Neffe 788

Blanchot: Das Todesurteil 1043
– Warten Vergessen 139
– Thomas der Dunkle 954
Blixen: Ehrengard 917
– Moderne Ehe 886
Bloch: Erbschaft dieser Zeit 388
– Spuren. Erweiterte Ausgabe 54
– Thomas Münzer 77
Blok: Gedichte 1052
Blumenberg: Die Sorge geht über den
    Fluß 965
– Matthäuspassion 998
Borchers: Gedichte 509
Born: Gedichte 1042
Du Bouchet: Vakante Glut 1021
Bove: Armand 792
– Bécon-les-Bruyères 872
– Meine Freunde 744
Brandys: Die Art zu leben 1036
Braun: Der Stoff zum Leben 1-3
    1039
– Unvollendete Geschichte 648
Brecht: Dialoge aus dem
    Messingkauf 140
– Flüchtlingsgespräche 63
– Gedichte und Lieder 33
– Geschichten 81
– Hauspostille 4
– Me-ti, Buch der Wendungen 228
– Politische Schriften 242
– Schriften zum Theater 41
– Svendborger Gedichte 335
– Über Klassiker 287
Breton: L'Amour fou 435
– Nadja 406
Broch: Demeter 199
– Die Erzählung der Magd Zerline 204
– Die Schuldlosen 1012
– Esch oder die Anarchie 157
– Hofmannsthal und seine Zeit 385
– Huguenau oder die Sachlichkeit 187
– Pasenow oder die Romantik 92
Bufalino: Das Pesthaus 1019
– Der Ingenieur von Babel 1107
Bunin: Mitjas Liebe 841
Butor: Die Wörter in der Malerei 1093
Cabral de Melo Neto: Erziehung
    durch den Stein 713
Camus: Die Pest 771
– Ziel eines Lebens 373

Canetti: Der Überlebende 449
Capote: Die Grasharfe 62
Cardenal: Gedichte 705
Carossa: Ein Tag im Spätsommer 1947
    649
– Gedichte 596
– Führung und Geleit 688
– Rumänisches Tagebuch 573
Carpentier: Barockkonzert 508
– Das Reich von dieser Welt 422
– Die Hetzjagd 1041
Carrington: Das Hörrohr 901
– Unten 737
Castellanos: Die neun Wächter 816
Celan: Gedichte I 412
– Gedichte II 413
– Der Meridian 485
Ceronetti: Das Schweigen des Körpers
    810
Char: Lob einer Verdächtigen 1023
Cioran: Auf den Gipfeln 1008
– Das Buch der Täuschungen 1046
– Der zersplitterte Fluch 948
– Geviertelt 799
– Über das reaktionäre Denken 643
– Von Tränen und von Heiligen 979
– Widersprüchliche Konturen 898
Colomb: Zeit der Engel 1016
Conrad: Herz der Finsternis 1088
Consolo: Wunde im April 977
Cortázar: Der Verfolger 999
Crevel: Der schwierige Tod 987
– Seid ihr verrückt? 1083
D'Annunzio: Der Kamerad 1073
D'Arzo: Des Andern Haus 1105
Dagerman: Deutscher Herbst 924
Daumal: Der Analog 802
Dauthendey: Lingam 1079
Ding Ling: Tagebuch der Sophia
    670
Doderer: Die erleuchteten Fenster
    1003
Döblin: Berlin Alexanderplatz 451
Dorst: Klaras Mutter 1031
Drummond de Andrade: Gedichte
    765
Dürrenmatt: Monstervortrag über
    Gerechtigkeit und Recht 803
Dumézil: Der schwarze Mönch in
    Varennes 1017

Duras: Der Liebhaber 967
– Der Nachmittag des Herrn
  Andesmas 109
– Im Sommer abends um halb elf 1087
– Liebe 935
Ehrenburg: Julio Jurenito 455
Ehrenstein: Briefe an Gott 642
Eich: Gedichte 368
– Maulwürfe 312
– Träume 16
Eliade: Das Mädchen Maitreyi 429
– Der Hundertjährige 597
– Fräulein Christine 665
– Nächte in Serampore 883
– Neunzehn Rosen 676
– Die Sehnsucht n. d. Ursprung 408
Elias: Mozart 1071
– Über die Einsamkeit der Sterbenden
  in unseren Tagen 772
Eliot: Gedichte 130
– Old Possums Katzenbuch 10
– Das wüste Land 425
Elytis: Ausgewählte Gedichte 696
– Lieder der Liebe 745
– Neue Gedichte 843
Enzensberger: Mausoleum 602
– Der Menschenfreund 871
– Verteidigung der Wölfe 711
Faulkner: Wilde Palmen 80
Federspiel: Die Ballade von der
  Typhoid Mary 942
– Museum des Hasses 1050
Fleißer: Das Mädchen Yella 1109
Frame: Auf dem Maniototo 929
– Wenn Eulen schrein 991
Frisch: Andorra 101
– Biedermann und die Brandstifter
  1075
– Bin 8
– Biografie: Ein Spiel 225
– Biografie: Ein Spiel,
  Neue Fassung 1984 873
– Blaubart 882
– Fragebogen 1095
– Homo faber 87
– Montauk 581
– Tagebuch 1946-1949 261
– Tagebuch 1966-1971 1015
– Traum des Apothekers von Locarno
  604

– Triptychon 722
Gadamer: Das Erbe Europas 1004
– Lob der Theorie 828
– Vernunft im Zeitalter der Wissenschaft
  487
– Wer bin Ich und wer bist Du?
  352
Gadda: An einen brüderlichen Freund
  1061
García Lorca: Diwan des Tamarit 1047
– Gedichte 544
Gelléri: Budapest 237
Generation von 27: Gedichte 796
Gide: Chopin 958
– Die Rückkehr des verlorenen
  Sohnes 591
Ginzburg: Die Stimmen des Abends
  782
Giono: Der Deserteur 1092
Gracq: Die engen Wasser 904
Graves: Das kühle Netz 1032
Gründgens: Wirklichkeit des Theaters
  526
Guillén, Jorge: Gedichte 411
Handke: Die Angst des Tormanns
  beim Elfmeter 612
– Die Stunde der wahren Empfindung
  773
– Die Wiederholung 1001
– Gedicht an die Dauer 930
– Wunschloses Unglück 834
Hašek: Die Partei 283
Hauptmann: Das Meerwunder 1025
Hemingway: Der alte Mann und das
  Meer 214
Herbert: Ein Barbar in einem Garten
  536
– Herr Cogito 416
– Im Vaterland der Mythen 339
– Inschrift 384
Hermlin: Der Leutnant Yorck von
  Wartenburg 381
Hesse: Demian 95
– Eigensinn 353
– Glück 344
– Iris 369
– Josef Knechts Lebensläufe 541
– Klingsors letzter Sommer 608
– Knulp 75
– Krisis 747

– Legenden 472
– Magie des Buches 542
– Mein Glaube 300
– Morgenlandfahrt 1
– Musik 483
– Narziß und Goldmund 65
– Siddhartha 227
– Sinclairs Notizbuch 839
– Steppenwolf 869
– Stufen 342
– Unterm Rad 981
– Der vierte Lebenslauf J. Knechts 181
– Wanderung 444
– /Mann: Briefwechsel 441
Hessel: Der Kramladen des Glücks 822
– Heimliches Berlin 758
– Pariser Romanze 877
Hildesheimer: Biosphärenklänge 533
– Exerzitien mit Papst Johannes 647
– Lieblose Legenden 84
– Mitteilungen an Max 1100
– Paradies der falschen Vögel 1114
– Tynset 365
– Vergebliche Aufzeichnungen 516
– Zeiten in Cornwall 281
Hofmannsthal: Buch der Freunde 626
– Gedichte und kleine Dramen 174
Hohl: Bergfahrt 624
– Daß fast alles anders ist 849
– Nächtlicher Weg 292
– Vom Erreichbaren und vom Unerreichbaren 323
Horkheimer: Die gesellschaftliche Funktion der Philosophie 391
Horváth: Glaube Liebe Hoffnung 361
– Italienische Nacht 410
– Jugend ohne Gott 947
– Kasimir und Karoline 316
– Geschichten aus dem Wiener Wald 247
– Sechsunddreißig Stunden 630
Hrabal: Bambini di Praga 793
– Die Katze Autitschko 1097
– Die Schur 558
– Harlekins Millionen 827
– Sanfte Barbaren 916
– Schneeglöckchenfeste 715
– Tanzstunden für Erwachsene und Fortgeschrittene 548

Hrabals Lesebuch 726
Huch: Der letzte Sommer 545
– Lebenslauf des heiligen Wonnebald Pück 806
Huchel: Gedichte 1018
– Die neunte Stunde 891
Ibargüengoitia: Augustblitze 1104
– Die toten Frauen 1059
Inglin: Werner Amberg. Die Geschichte seiner Kindheit 632
Inoue: Das Tempeldach 709
– Eroberungszüge 639
– Das Jagdgewehr 137
– Der Stierkampf 273
Jabès: Es nimmt seinen Lauf 766
– Das Buch der Fragen 848
Johnson: Skizze eines Verunglückten 785
– Mutmassungen über Jakob 723
Jonas: Das Prinzip Verantwortung 1005
Joyce: Anna Livia Plurabelle 253
– Briefe an Nora 280
– Dubliner 418
– Giacomo Joyce 240
– Kritische Schriften 313
– Porträt des Künstlers 350
– Stephen der Held 338
– Die Toten/The Dead 512
– Verbannte 217
Kästner, Erhart: Aufstand der Dinge 476
– Zeltbuch von Tumilat 382
Kästner, Erich: Gedichte 677
Kafka: Der Heizer 464
– Die Verwandlung 351
– Er 97
Kasack: Die Stadt hinter dem Strom 296
Kaschnitz: Beschreibung eines Dorfes 645
– Elissa 852
– Ferngespräche 743
– Gedichte 436
– Liebe beginnt 824
– Orte 486
Kassner: Zahl und Gesicht 564
Kateb Yacine: Nedschma 116
Kavafis: Um zu bleiben 1020
Kim: Der Lotos 922
Kiš: Ein Grabmal für Boris Dawidowitsch 928

– Garten, Asche 878
Koch: Altes Kloster 1106
Koeppen: Tauben im Gras/Treibhaus/
Tod in Rom 926
– Das Treibhaus 659
– Der Tod in Rom 914
– Eine unglückliche Liebe 1085
– Jugend 500
– Tauben im Gras 393
Kolmar: Gedichte 815
Kracauer: Über die Freundschaft
302
Kraus: Die letzten Tage der Menschheit
1091
– Pro domo et mundo 1062
– Sprüche und Widersprüche 141
– Über die Sprache 571
Krolow: Alltägliche Gedichte 219
– Fremde Körper 52
– Gedichte 672
– Meine Gedichte 1037
Krüger: Das zerbrochene Haus 1066
Kyrklund: Vom Guten 1076
Lagercrantz:DieKunst des Lesens
980
Landsberg: Erfahrung des Todes 371
Lasker-Schüler: Mein Herz 520
– Arthur Aronymus 1002
Lavant: Gedichte 970
Lawrence: Auferstehungsgeschichte
589
– Der Mann, der Inseln liebte 1044
Leiris: Lichte Nächte 716
– Mannesalter 427
Lem: Der futurologische Kongreß
477
– Robotermärchen 366
Lenz: Dame und Scharfrichter 499
Lispector: Der Apfel im Dunkel
826
– Die Nachahmung der Rose 781
– Die Sternstunde 884
– Nahe dem wilden Herzen 847
Loerke: Anton Bruckner 39
Lu Xun: Die wahre Geschichte des
Ah Q 777
Maass: Die unwiederbringliche Zeit
866
Machado de Assis: Dom Casmurro
699

– Quincas Borba 764
Malerba: Geschichten vom Ufer des
Tibers 683
– Tagebuch eines Träumers 840
Mandelstam: Die Reise nach
Armenien 801
– Die ägyptische Briefmarke 94
– Schwarzerde 835
Mann, Thomas: Schriften zur Politik
243
– /Hesse: Briefwechsel 441
Mansfield: Meistererzählungen 811
Marcuse: Triebstruktur und
Gesellschaft 158
Mayer: Ansichten von Deutschland
984
– Frisch und Dürrenmatt 1098
– Goethe 367
– Versuche über Schiller 945
Mayröcker: Das Herzzerreißende der
Dinge 1048
– Reise durch die Nacht 923
Mendoza: Das Geheimnis der
verhexten Krypta 1113
Michaux: Ein gewisser Plume 902
Miller: Das Lächeln am Fuße der
Leiter 198
Milosz: Gedichte 1090
Mishima: Nach dem Bankett 488
Mitscherlich: Idee des Friedens 233
Modiano: Eine Jugend 995
Montherlant: Die Junggesellen 805
– Moustique 1060
Mori: Vita Sexualis 813
– Die Wildgans 862
Muschg: Leib und Leben 880
– Liebesgeschichten 727
Musil: Vereinigungen 1034
Nabokov: Lushins Verteidigung 627
Neruda: Gedichte 99
– Die Raserei und die Qual 908
Nimier: Die Giraffe 1102
Nizan: Das Leben des Antoine B.
402
Nizon: Das Jahr der Liebe 845
– Stolz 617
Nooteboom: Ein Lied von Schein und
Sein 1024
Nossack: Das Testament des
Lucius Eurinus 739

– Der Neugierige 663
– Der Untergang 523
– Spätestens im November 331
– Unmögliche Beweisaufnahme 49
O'Brien: Aus Dalkeys Archiven 623
– Das harte Leben 653
– Der dritte Polizist 446
Ocampo: Die Furie 1051
Olescha: Neid 127
Ollier: Bildstörung 1069
Onetti: Die Werft 457
– Grab einer Namenlosen 976
– Leichensammler 938
– Der Schacht 1007
Palinurus: Das Grab ohne Frieden 11
Papadiamantis: Die Mörderin 1011
Pasternak: Die Geschichte einer
    Kontra-Oktave 456
– Initialen der Leidenschaft 299
Paustowskij: Erzählungen vom Leben
    563
Pavese: Junger Mond 111
Paz: Adler oder Sonne? 1082
– Das Labyrinth der Einsamkeit 404
– Der sprachgelehrte Affe 530
– Gedichte 551
Pedretti: Valerie oder Das unerzogene
    Auge 989
Penzoldt: Der arme Chatterton 1064
– Der dankbare Patient 25
– Prosa einer Liebenden 78
– Squirrel 46
Pérez Galdós: Miau 814
– Tristana 1013
Percy: Der Kinogeher 903
Perec: W oder die Kindheits-
    erinnerung 780
Pieyre de Mandiargues: Schwelende
    Glut 507
Piñera: Kleine Manöver 1035
Pinget: Passacaglia 1084
Plath: Ariel 380
– Glasglocke 208
Plenzdorf: Die neuen Leiden des
    jungen W. 1028
Ponge: Das Notizbuch vom
    Kiefernwald / La Mounine 774
– Texte zur Kunst 1030
Pound: ABC des Lesens 40
– Wort und Weise 279

Prevelakis: Chronik einer Stadt 748
Proust: Eine Liebe von Swann 267
– Tage der Freuden 164
– Tage des Lesens 400
Puig: Der Kuß der Spinnenfrau
    1108
Queiroz: Der Mandarin 956
Queneau: Ein strenger Winter 1110
– Mein Freund Pierrot 895
– Stilübungen 1053
– Zazie in der Metro 431
Radiguet: Der Ball 13
– Den Teufel im Leib 147
Remisow: Gang auf Simsen 1080
Rilke: Ausgewählte Gedichte 184
– Briefe an einen jungen Dichter 1022
– Bücher Freund Theater Kunst 1068
– Das Florenzer Tagebuch 791
– Das Testament 414
– Der Brief des jungen Arbeiters 372
– Die Sonette an Orpheus 634
– Duineser Elegien 468
– Gedichte an die Nacht 519
– Malte Laurids Brigge 343
– /Hofmannsthal: Briefwechsel 469
Ritsos: Gedichte 1077
Ritter: Subjektivität 379
Robbe-Grillet: Der Augenzeuge 931
– Djinn 787
– Die Radiergummis 1033
Roditi: Dialoge über Kunst 357
Rodoreda: Aloma 1056
– Der Fluß und das Boot 919
– Reise ins Land der verlorenen
    Mädchen 707
Rose aus Asche 734
Rosenzweig: Der Stern der
    Erlösung 973
Roth: Beichte 79
Roussel: Locus Solus 559
Sachs: Gedichte 549
Saint-John Perse: Winde 122
Salinas: Gedichte 1049
Satta: Der Tag des Gerichts 823
Scholem: Judaica 1 106
– Judaica 2 263
– Judaica 3 333
– Judaica 4 831
– Judaica 5 1111
– Walter Benjamin 467

Scholem-Alejchem: Eine Hochzeit
  ohne Musikanten 988
– Schir-ha-Schirim 892
– Tewje, der Milchmann 210
Schröder: Der Wanderer 3
Seferis: Alles voller Götter 1065
– Poesie 962
Seghers: Aufstand der Fischer 20
Sender: Requiem für einen spanischen
  Landmann 133
Sert: Pariser Erinnerungen 681
Shaw: Die Abenteuer des
  schwarzen Mädchens 1029
– Die heilige Johanna 295
– Frau Warrens Beruf 918
– Handbuch des Revolutionärs 309
– Helden 42
– Mensch und Übermensch 129
– Pygmalion 66
– Wagner-Brevier 337
Simon, Claude: Das Seil 134
Šklovskij: Zoo oder Briefe nicht
  über die Liebe 693
Solschenizyn: Matrjonas Hof 324
Stein: Erzählen 278
– Ida 695
– Jedermanns Autobiographie 907
– Kriege die ich gesehen habe 595
– Paris Frankreich 452
– Q.E.D. 1055
– Zarte Knöpfe 579
– /Anderson: Briefwechsel 874
Steinbeck: Die Perle 825
Steiner: Schnee bis in die Niederungen
  1070
Sternberger: Figuren der Fabel 1054
Strindberg: Der romantische Küster
  auf Rånö 943
– Fräulein Julie 513
– Schwarze Fahnen 896
Suhrkamp: Briefe an die Autoren 100
– Der Leser 55
– Munderloh 37
Szondi: Celan-Studien 330
Thoor: Gedichte 424

Trakl: Gedichte 420
Trifonow: Zeit und Ort 860
Ullmann: Erzählungen 651
Ungaretti: Gedichte 70
Valéry: Die fixe Idee 155
– Die junge Parze 757
– Eupalinos 370
– Gedichte 992
– Herr Teste 162
– Über Mallarmé 1101
– Zur Theorie der Dichtkunst 474
Vallejo: Gedichte 110
Vargas Llosa: Die kleinen Hunde 439
– Lob der Stiefmutter 1086
Verga: Die Malavoglia 761
Vittorini: Die rote Nelke 136
Walser, Martin: Ehen in Philippsburg
  527
– Ein fliehendes Pferd 819
– Gesammelte Geschichten 900
– Meßmers Gedanken 946
Walser, Robert: Der Gehülfe 490
– Der Spaziergang 593
– Geschwister Tanner 450
– Jakob von Gunten 515
– Poetenleben 986
– Prosa 57
Weiss, Peter: Abschied v. d. Eltern 700
– Der Schatten des Körpers 585
– Fluchtpunkt 797
– Hölderlin 297
Weöres: Der von Ungern 1063
Wilde: Bildnis des Dorian Gray 314
Williams: Die Worte, die Worte 76
Wittgenstein: Über Gewißheit 250
– Vermischte Bemerkungen 535
Woolf: Die Wellen 128
Yourcenar: Orientalische Erzählungen
  985
Zweig: Die Monotonisierung der Welt
  493
Zwetajewa: Auf eigenen Wegen 953
– Ein gefangener Geist 1009
– Mutter und die Musik 941
– Phoenix 1057